corações blues
e
serpentinas

Manuela Editorial Ltda.
Rua Dr. Amâncio de Carvalho, 192/206 - Vila Mariana
04012-080 São Paulo, SP - Telefone: (11) 5085.8080
e-mail: livraria@artepaubrasil.com.br
site: www.artepaubrasil.com.br

Editor
Raimundo Gadelha

Ilustrações e projeto gráfico
Wilson "Foca" Neves

Capa
Vaner Alaimo

Revisão
Karina Danza Benedito e Yara Camillo

Impressão
Pala Athena

Dados Internacionais de Catalogação na Publicação (CIP)
(Câmara Brasileira do Livro, SP, Brasil)

Trindade, Lima
Corações blues e serpentinas / Lima Trindade. --
São Paulo : Arte Pau Brasil, 2007.

ISBN 978-85-99629-04-8

1. Contos brasileiros I. Título.

07-7265 CDD-869.93

Índices para catálogo sistemático:
1. Contos : Literatura brasileira 869.93

Impresso no Brasil
Printed in Brazil

Lima Trindade

Para Ilson,

Este

corações blues e serpentinas

pancadas no peito sem dó.

Abraço do

Lima Trindade

BA, 13-12-08

ARTE PAUBRASIL
São Paulo, 2007

A

Lázaro Coutinho de Oliveira,
sempre,

e

Antonio Cícero

blues

chorinhos

Se você deixar o coração bater sem medo...

Nuvem Cigana, Lô Borges e Ronaldo Bastos

blues

Quero cantar só para as pessoas fracas
Que tão no mundo e perderam a viagem.

Blues da Piedade, Cazuza

Noite num hotel da Asa Norte

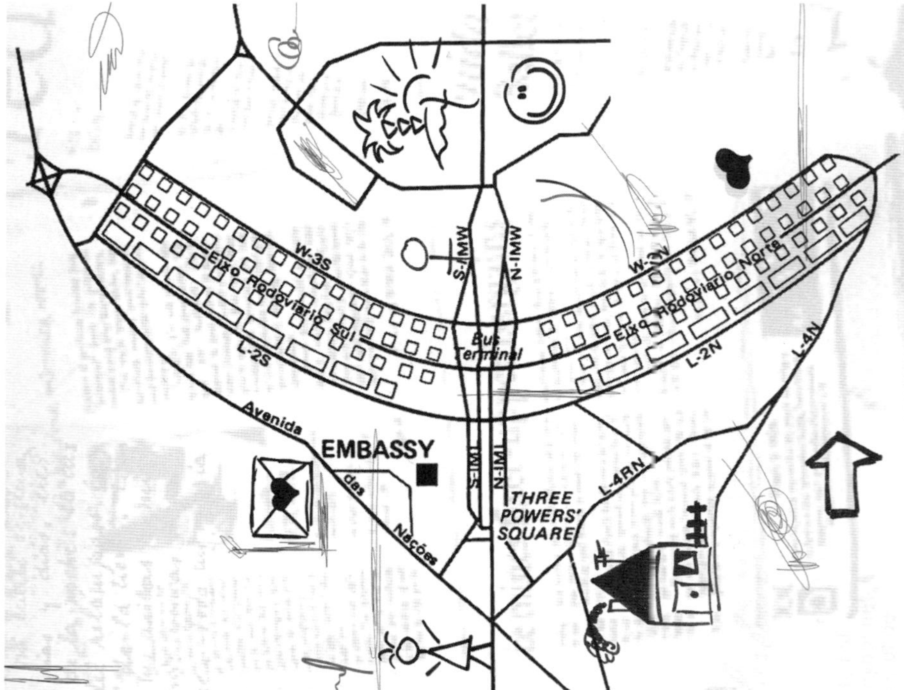
W-3S
Eixo Rodoviario Sul
L-2S
S-IMW
N-IMW
Bus Terminal
Eixo Rodoviario Norte
L-2N
L-4N
Avenida das Nações
EMBASSY
S-IML
N-IML
THREE POWERS' SQUARE
L-4RN

Me descubro & me assusto.
Metade cheio de nada, metade cheio de tudo.

Fragmentos de Diário, *Sandro Ornellas*

A primeira lembrança que tenho é da mão de minha mãe se desembaraçando da minha. Eu tinha dois anos. Estávamos num parque. Depois de rodar num brinquedo e acenar e rir fazendo festa, minha irmã nos viu, parados atrás da grade de proteção, e começou a chorar. Lili me soltou e pegou a chorona no colo. Este fato marcou minha vida como o início de uma série de pequenos e grandes abandonos. Mas, o maior deles foi protagonizado pelo meu próprio pai. Ele bebia. E, como em tantas outras histórias, tornava nossa vida um inferno. Não, ele nunca bateu na minha mãe, se é o que você quer saber. Quando desejava liberar suas neuras, eu era sua vítima preferida. E era também um motivo para eles começarem a discutir. Apesar de minha mãe nunca estar presente quando eu apanhava, não desperdiçava uma chance de jogar na cara dele o fracasso que era nossa vida e o ódio que sentia por morar onde morávamos. A complicação toda era pelo fato do pai ter origem rica. Meu avô tinha mansão, carro importado, dinheiro no banco. Quando meus pais se casaram, Lili acreditou que receberiam um adiantamento da herança. Mas não. Meu pai não recebeu nada além de um faqueiro. Para desespero dos dois. É que ele tinha nascido sob a sombra do irmão mais velho. Um brilhante e bem sucedido cirurgião. Uma lenda para meus avós. Quando meu tio era ainda um estudante de dezesseis anos, dispensou sua mesada e custeou a própria faculdade até se formar. Isso com um minguado salário de estagiário do hospital universitário. Meu pai? Recebeu mesada até os vinte e um, quando, enfim, terminou o ginasial. Era do tipo que gostava de alardear para a gente pobre do bairro, principalmente as meninas, que era filho de um grãfino. E, segundo ele mesmo me contou, quando eu já era adolescente, comeu muita garota com esse papo. Inclusive Lili, coitada. Se bem que, pelas fotos, vejo que ela não era lá muito bonita. Tinha pernas finas. Esquecendo-se as pernas, o olhar era penetrante, a boca, bem desenhada, e o nariz, pequeno e delicado. É, olhando o conjunto, percebo que Lili tinha algum encanto. Havia um quê sexual nela, um vigor disfarçado em fragilidade. Quando soube que Lili estava grávida de mim, meu pai ficou radiante. Mal ouviu o primeiro choro e correu até o cartório, para me registrar com o mesmo nome do meu avô. Mas, se água mole em pedra dura, tanto bate até que fura, no caso do meu pai, a água secou sem sequer arranhar a pedra. E continuaram pobres. Quando completei seis anos, ele beijou Lili e disse que não o esperasse para o jantar. Ela não esperou. Decorridos sete meses, eu ganhava um padrasto. Seu nome era Jonas. Ou Joca, não me lembro bem. De qualquer maneira, Joca (ou Jonas) gostava de jogar bola de gude comigo no terreiro que ficava ao lado de casa. Naquele tempo, as ruas não eram calçadas. Era comum, quando chovia, que enlameássemos nossos sapatos e a barra das calças. Mesmo assim, sem saber se tenho razão ou não, ainda confiro maior elegância àquelas pessoas de sapatos e roupas sujas do que a essa gente empertigada e limpa de hoje. Talvez por nostalgia. Escrevendo essas linhas, sinto saudades de Jonas, que dedicava uma ou duas horas para dobrar os joelhos na terra comigo. Mas minha mãe não gostava de Jonas como eu. Em menos de dois meses ela lhe deu as contas. E Jonas (ou Joca) me abandonou também.

Ouvi um ribombar de trovoada ao léu. Melhor fechar a janela do quarto para que a cama não se molhe. Vagarosamente começa a cair uma chuva transparente e miúda. O preto do asfalto se molha e vai refletindo a luz dos postes no chão. Tudo então se ilumina. As gotas que caem na vidraça são fios de luz refletidos. Gosto da chuva, apesar do clima frio me deixar mais triste do que já estava. Talvez valha a pena deixar molhar a cama para sentir o frescor de outra vida sobre minha pele. Olho pelo vão da vidraça e avisto duas putas sentadas na escadaria de um dos blocos em frente. As roupas que usam são mínimas, não importa o frio que faça. Será que sofrem mais que eu?

Lili teve mais cinco homens. Com o último viveu seis anos. Era um homem bom, porém doente. A próstata o incomodava. Trabalhava de vigilante nos prédios do governo. Passava quase todo o tempo sentado, lendo novelas de faroeste. Quando a doença começou a se manifestar, via-se forçado a abandonar o posto de quando em quando para ir ao banheiro. Acabou despedido. Como Lili achava que eu e minha irmã já éramos peso demais para seus ombros magros, obrigou que ele nos deixasse também. Ela estava bastante envelhecida. Desconfio que foi uma decisão dolorosa. Quando estavam juntos, o vigilante a tratava como se fosse uma rainha. As noites se perdiam na indiferença de tanto zelo e paparicação. Se transavam? Não posso afirmar. Teria ela apetite? Seria ele ainda capaz? Observo unicamente que havia prazer e gravidade na maneira como ela recebia o toque do seu homem. Fosse num resvalar de quadris, fosse um beliscão no braço. Quando estávamos sós, Lili ocupava suas manhãs costurando. No restante do dia tentava vender panos de prato nas portas de conhecidos. Ao chegar em casa, estava fatigada. Minha irmã preparava nossas refeições, eu arrumava a casa. No dia em que Lili mandou o vigia embora, eu a ouvi chorar dormindo. Imaginei que sonhasse com mãos fortes a correr os dedos pelos cachos de cabelo precocemente grisalhos.

A chuva bate aqui dentro. As putas estão protegidas sob uma marquise. Só eu é que não estou protegido. Imagino que ele deve estar em seu apartamento agora, esquecido de mim. Sinto como se o mundo inteiro tivesse se esquecido de mim, apesar de saber não ser essa uma verdade. Alguém sempre se recorda da gente. Geralmente, alguém que não queremos recordar. Passarão essas putas por uma contradição igual? Terão elas um homem a esperá-las enquanto esfregam seus corpos em outros homens? Ou, como eternas desgraçadas, amargarão um vazio tão grande quanto o meu? Elas, ao menos, podem preencher sua solidão com as migalhas de afeto recebidas, com o ganir rouco das carências remediadas, com a loucura vacilante do conceder e negar. Eu fico preso à imagem dele. Fico com a doçura que nenhum homem legou a outro. Doçura transcendente.

Não entendi quando me chamaram de bicha na escola. Sei que minha irmã descobriu e contou à minha mãe. Como era de sua têmpera, Lili não me perguntou nada. Dirigiu-se até a professora responsável e disse que, se soubesse que estavam caluniando o filho dela, pagariam caro, pois ela conhecia o secretário de educação e não encontraria dificuldades em arrumar transferência de profissionais irresponsáveis para uma escola qualquer do interior. Desde então, todos os professores começaram a me tratar com atenção diferenciada, provocando, com isso, um efeito adverso nos meus colegas de sala. Nos corredores, refeitório e ginásio esportivo, eu via a maneira como eles cochichavam, riam e reproduziam gestos afeminados, apontando os dedos e o nariz para mim. Sem disposição moral para brigar, envergonhado com a defesa desajeitada de minha mãe, eu apenas enrubescia. Assim, cresci isolado dos demais, protegendo-me atrás de taciturna timidez. Um dia, quando me fiz rapazote e o buço indicava nova guerra de hormônios, o correio trouxe uma carta com meu nome no frontispício. Era minha primeira carta. Que radiante emoção! Peguei o envelope tremendo e logo procurei o nome do remetente, sem nada encontrar. Fechei-me no quarto e piquei uma das pontas com o dente, inserindo o indicador no buraco para então deslizá-lo num corte rápido e brutal que desvelaria todo o seu interior para mim. A letra, de tão mal traçada, se revelava nitidamente masculina. Seu autor dizia que estava me acompanhando no colégio, à distância, fazia pouco tempo. Tinha me achado bonito e forte. "Verdadeiro varão!", escreveu. E terminava marcando um encontro. Não assimilei bem os sentimentos provocados pela leitura. Senti-me exageradamente excitado. Quem seria o missivista misterioso? Confuso, resolvi descobrir quem era o secreto admirador. O encontro seria num bar perto da escola, o Bar do Sandoval. Eu deveria sair meia hora antes do término da aula, para que ninguém desconfiasse de nada. Segui as instruções recebidas e entrei no bar no horário marcado. Não havia quase nenhum cliente naquela hora, a não ser uns quatro bebuns. Três ocupavam a mesa de bilhar do fundo e um bebia próximo ao balcão. Nenhum rapaz. Ia dar meia volta quando o senhor sentado próximo ao balcão se aproximou de mim e balbuciou sons que, juntos, para meu espanto, assemelhavam-se ao meu nome. Estremeci: aquele velho bêbado e de barba por fazer era... o meu pai! Cheirava a álcool e estava visivelmente emocionado. Abraçou-me violentamente, chorou um choro fino e manso. Constrangido, fiz força para me desvencilhar dos braços que tantas vezes se levantaram para me bater. Mas, confesso que senti pena ou me faltou coragem para deixá-lo ali, sozinho e desamparado. Ele me perguntou se eu havia mostrado a carta para Lili. "O senhor não assinou", afirmei, complacente. "É mesmo!", emendou, com um sorriso. Pediu-me dinheiro e eu lhe dei algumas notas, trazidas no bolso para um refrigerante ou cinema. Voltamos a nos encontrar posteriormente. Foram três ou quatro vezes, antes que ele fosse internado numa clínica para dependentes químicos. De lá foi levado para o hospital onde viria a morrer. A causa da morte, assinada pelo médico, eu desconheço, mas poderia ser, com certeza, tristeza, pois sempre achei significativo que, todas as vezes que nos encontrávamos, ele fizesse questão de mencionar como Lili era gostosa no tempo em que começaram a namorar, e do quanto meu avô o havia magoado, por não acreditar no imenso potencial que possuía.

Um carro pára. Uma das putas desce os degraus da escadaria, põe as mãos sobre a cabeça para se proteger da chuva, abre uma das portas e, dentro do carro, sai zunindo pista afora. Será que ele está só neste momento? Será que um carro não parou em frente ao seu bloco, alguém chamou o elevador e depois adentrou em seu apartamento, cobrindo-o de beijos? Não. Ele não se entregaria a ninguém que não fosse especial. Mas, e se "esse" a parar o carro, chamar o elevador e entrar, beijando-o, fosse especial? Se fosse ainda mais especial do que eu, que tenho só a chuva para me abraçar nesta madrugada? A puta que ficou acendeu um cigarro. Os caras com quem ela transa gostam de dentes amarelos de nicotina e de hálito quente, podre e amargo? Ou não vêem a cor dos seus dentes, imersos na segura escuridão do leito? E não lhe sentiriam o bafo, porque a querem muda para todo o sempre? Sinto-me solitário. Imensamente solitário. As paredes não dão conta de mim. Os pequenos aposentos se fazem grandes e é como se eu caminhasse horas a fio dentro do próprio peito para poder dar um sentido maior ao meu querer. Por que a cortante lassidão? Por que a perene e maldita promessa de amor? Eu só queria alguém para rir de minhas lamúrias, que me mostrasse o quanto minha dor era idiota diante da beleza da vida, que me contasse piadas e me fizesse esquecer do terror que as pessoas sentem ao conhecer uma pessoa que lhes desnuda a alma. *Alguém com sua força para me proteger, com seu carinho para me confortar, com olhos e coração bem abertos para me compreender.*

Samuel usava cabelos longos, tocava violão e era adorado pelas meninas. Seu repertório consistia basicamente das músicas da moda no rádio, baladinhas de rock tipo Lulu Santos e João Penca & seus Miquinhos Amestrados. Eu estudava pela manhã, trabalhava à tarde e sonhava em me formar em Astronomia. Por causa da música nos aproximamos. Era o ano de 1984 e fora anunciado um show da Legião Urbana, na quadra sete do Guará. A banda não havia gravado o seu primeiro disco, mas já reunia em volta de si um grande rumor. Músicos presentes, platéia em expectativa, palco montado. Os fios tinham sido puxados da Igreja São Paulo Apóstolo. O equipamento era visto das janelas de um ônibus. A cidade aguardava curiosa. Todavia, para o supremo azar daqueles que poderiam ser uns poucos privilegiados a ver uma apresentação única, aquela noite choveu e o evento foi cancelado. Minha vizinha Érica, inconformada, me arrastou para uma roda improvisada no estacionamento do supermercado Bem-Bom. Foi quando vi Samuel pela primeira vez. Ele empunhava um violão e cantava. Érica, querendo se posicionar melhor, empurrou dois garotos à nossa frente. Perto da meia-noite, a roda foi se desfazendo. Ficamos eu, Érica e Samuel. No intervalo, entre uma canção e outra, Érica aplaudia entusiasticamente e pedia mais. Notei um clima pintando e resolvi me mandar. No outro dia, minha vizinha me abordou, dizendo que Samuel me achara super, que era legal o fato de eu não curtir funk nem break e que não tinha rolado nada entre eles, mas eu poderia ajudá-la, para começar, emprestando alguns discos de rock nacional. Deste modo, passamos a nos reunir todos os sábados para ouvir os discos e gravar fitas. Geralmente no quarto de Samuel, que morava com um irmão. Ouvíamos as músicas, bebíamos vinho ou cerveja e conversávamos até a madrugada. Num desses sábados, Érica quis saber exatamente quais eram os planos de nosso novo amigo, se ele viraria cantor mesmo e, se virasse, passaria a torcer o nariz para nós, velhos conhecidos. "É tanta gente puxando o saco de quem fica famoso". Eu, não querendo deixar por menos, falava da minha paixão pela astronomia. Samuel tentava me dissuadir da idéia de ir a São Paulo estudar, argumentando a falta de mercado de trabalho e a caretice dos cientistas que ele via na tevê. "Profissão boa tem que dar grana", corroborava Érica. Ele, se não se realizasse na carreira de cantor, tentaria vestibular para Medicina, se especializaria em ginecologia. Érica, que não era boba, percebeu logo a malícia da escolha e instintivamente lhe sapecou as costas de tapas. Samuel se danou a rir, levando-nos às gargalhadas também. Eu não costumava beber muito nessas ocasiões, o trauma das bebedeiras do meu pai e o medo de fazer alguma confissão despropositada refreavam a minha vontade. O papo estava bom e avançava num ritmo caloroso, até quando eles me perguntaram se eu nunca tinha namorado. Travei o riso, baixei os olhos e arranhei um não na garganta. "E beijo? Já beijou?" Cruzei os dedos das mãos e joguei as costas para o fundo da poltrona, mudo e irritado. Eles se entreolharam, cúmplices. Érica escorregou do sofá que dividia com Samuel, aproximou-se de mim e repousou as graciosas mãos em meus ombros tensos. Pedi que parasse. "Qual o problema? Tá com medo? Deixa então eu lhe mostrar como é que se faz". Samuel pegou Érica nos braços e a beijou demoradamente. Minha boca ficou amarga. Os dois foram se entrincheirando mais e mais e, ali, no sofá em frente à cama em que eu estava, expuseram a pálida nudez de seus corpos jovens, amando-se e esquecendo minha desprezível presença. Eu sentia meu coração bombear o sangue com força e violência e achava que ia morrer. Meus membros doíam como se eu estivesse febril e, mesmo que lhes negasse o olhar, vinha aquele som sujo e úmido infestar meus sentidos, alertando para que eu finalmente me soubesse apaixonado por Samuel. Abri e fechei a porta como um autômato, estropiado de tanta dor. Não compareci às demais reuniões dos sábados. Quando Érica questionou o motivo, justifiquei com os estudos para o vestibular e as reclamações constantes de Lili para que eu não faltasse à feira de domingo. Certo dia, Samuel apareceu em minha casa, disse que precisava conversar comigo e saiu precipitadamente. Depois voltou e pediu que eu me arrumasse para sair. Obedeci. Ele me obrigou a pegar um ônibus para o Plano Piloto e disse que explicaria melhor assim que chegássemos aonde ele pretendia. Já desesperava de ansiedade quando paramos em frente ao Planetário. Samuel sorriu e tirou dois bilhetes de entrada do bolso. "Filho da puta!", exclamei aliviado. Um homem explicava o funcionamento do equipamento enquanto nos ajeitávamos nas cadeiras. Era um aparelho importado composto de um sem-número de lâmpadas especiais que reproduziam exatamente a configuração do céu de Brasília, um dos mais belos das Américas. A iluminação geral se apagou, as cadeiras se inclinaram em horizontal e o teto se transformou no infinito espacial. Vênus, a constelação de Touro e Escorpião, o Cruzeiro do Sul, a Nebulosa... Maravilhado, não senti a mão de Samuel se juntar à minha, entrelaçando nossos dedos. Quando dei por mim, o céu passou a ter importância menor.

O calor e a textura da sua pele elevava meus pés do chão e me fazia um astro também, cometa radiante a transpirar profusamente, tendo como única âncora a mão presa sob o peso da

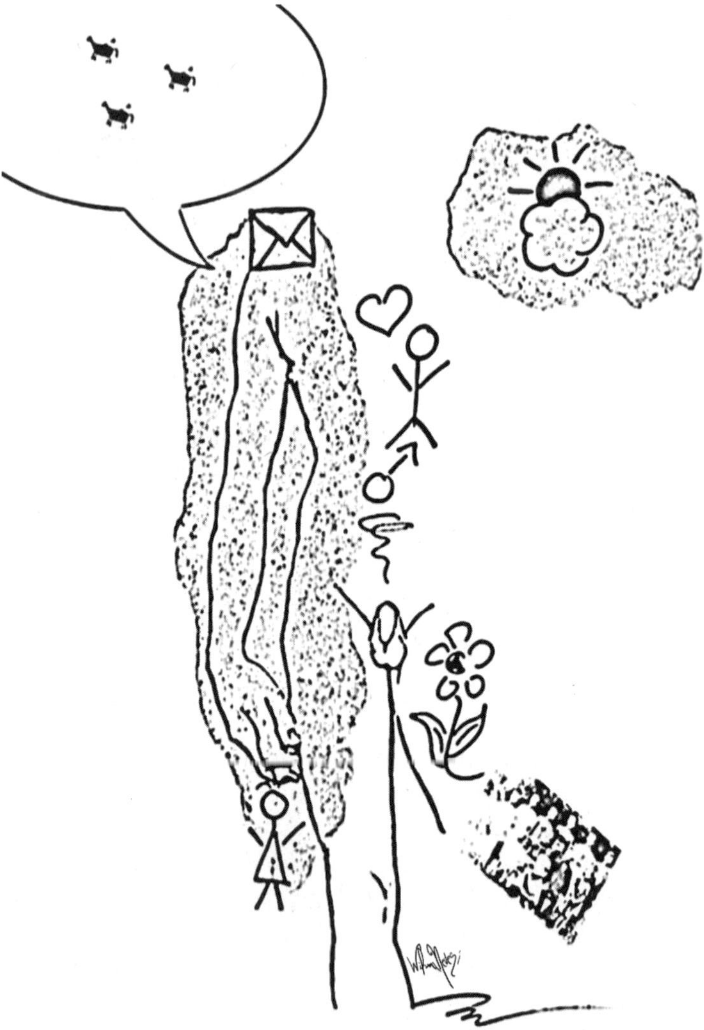

outra. Girei a cabeça lentamente na direção de Samuel e recebi um beijo feito uma porrada. Aturdido, não olhei mais para ele nem me movi. Ao ameaçarem acender as luzes, soltamos as mãos e nos retiramos do recinto como se nada houvesse acontecido. Andamos pelos jardins do Eixo Monumental em silêncio, pegamos o primeiro ônibus e retornamos ao Guará. O nome de Érica martelava minha a mente. Antes de me despedir, olhei fixamente para Samuel e, resolvido a romper aquele impasse, comecei a articular a pergunta que ele não me permitiria concluir:

– Samuel...

– Vou deixar a cidade.

– O quê?

– É, vou deixar a cidade. Meu irmão vai para a África, como missionário da Igreja, e eu, não dou conta de pagar o aluguel. Deixo a cidade amanhã. Esta é a última noite que passaremos juntos. Terei de morar com meus pais. No interior. Em Minas. Eu pensei, eu pensei que você poderia vir comigo. Isto é, dormir lá em casa...

– Dormir na sua casa?... Eu não sei... E a Érica? Você não ama a Érica?

– Olha, eu gosto da Érica. Gosto, entende? Mas amor... Se estou lhe convidando para passar a noite comigo é porque saquei qual era a sua logo que fugiu do meu quarto. Ou você estava a fim de mim ou da Érica. Eu sou um cara aberto, entende? Agora, se quiser mesmo saber, não sou viado, não. Não sou. E não é por transar com homem uma vez que vou virar bicha...

– Transar? – ri nervosamente – Não, Samuel, não é por transar...

– Então, vem comigo?

– Quer ouvir um conselho? Mas um bom conselho? De verdade? Vai atrás da Érica. Transando com ela você não correrá o menor risco de ser gozado na rua. Ninguém vai pensar porra nenhuma de você, caso te peguem saindo da cama dela. E jamais, jamais, vão lhe apontar na rua. Então, Samuel, não espere. Some da minha frente. Anda, desaparece! Eu não te quero nem longe nem perto. Vai... Vai e me deixa em paz.

E eu me pergunto onde é que falhei, que não tinha mais a atenção dos olhos dele, nem o canto sem música que era o seu falar. Amanheceria desperto como a puta que nesta hora sentava num degrau e colocava a cabeça entre as pernas? Os braços nus se dobravam em arco para enterrar as mãos na nuca. Pobre puta, estava cansada. Mas não tão pobre quanto eu. Preso neste apartamento, não antevejo o fim da minha noite, não alimento a esperança de mudar meu sucesso num outro dia. Tenho medo de vê-lo, de ouvi-lo. Ele poderia repetir as palavras que eu imaginei que ele fosse me dizer: que eu era uma pessoa sem passado, alguém que não conhecia, e uma única noite não bastaria para nos unir, pois seria terrível ter de lidar com a responsabilidade de dizer adeus tendo amado tanto num só dia. E dói. Dói de modo que a pungência de tanto amor apavora.

O sol retinia sobre os alambrados, vicejava a grama dos jardins públicos, feria o metal dos monumentos. Um varal de camisas coloridas próximo ao estacionamento, bandeiras e balões por todos os lados, pipocas, cachorro-quente, refrigerante, churrasquinho e cerveja. Pessoas afluíam de todos os pontos, de todas as classes, sobretudo homens, jovens e velhos, escanhoados, barbados e imberbes, enfileiravam-se e dispersavam-se nos vários círculos de concreto. Alguns iam para as cadeiras e outros se protegiam de uma provável chuva nas arquibancadas cobertas. Em Brasília é assim, quando o calor é intenso, anuncia-se chuva forte. E como é boa a chuva após uma estação seca ferindo o nariz e despelando os lábios. Mas ninguém queria que chovesse nessa tarde. O Gama tem um futebol bastante técnico e isso favoreceria a equipe da Portuguesa, mais pesada e limitada. Havia alegria no ar. O "periquito" vinha fazendo ótima campanha e tinha desbancado equipes prestigiadas no certame nacional, unindo, de tal modo, uma torcida tradicionalmente acostumada a torcer por times de outros estados. Sentei-me num ponto onde achei que teria boa visão do campo, onde não me preocuparia com as possíveis brigas e confusões. À minha esquerda, uma pequena charanga tocava o hino do Flamengo. Um grupo de vascaínos, situados mais abaixo dela, indignou-se. Impropérios e risos foram trocados com animação. Subiu o protesto de cruzeirenses, palmeirenses e gremistas. A charanga emenda então um pagode popular. Está novamente selada a paz. Começa a partida. "Uuuuh!", uma bola raspa a trave. Silêncio. O adversário ataca após uma vacilada do zagueiro. O Gama domina o meio de campo e por isso é mais presente na intermediária portuguesa. Passam-se mais de trinta minutos quando Alexandre Gaúcho passa a bola para Mazinho Loiola, na ponta esquerda, e este centra a bola para Rodrigo. Rodrigo cabeceia, o goleiro espalma e a bola sobra nos pés de Feinho, que não perdoa e... "Gol! Goool! Gooooooooool!", comecei a gritar. Foi quando o vi. Ele também gritava e pulava e eu pulava e gritava e nós nos abraçamos e pulamos e gritamos juntos. "Gaaaaama! Gaaaaama!", vibrava o Mané Garrincha em uníssono diante do gesto mágico e catalisador do gol. Acabou o primeiro tempo, eu me sentei, ele desceu os degraus e desapareceu no meio do tumulto formado diante do bar e dos banheiros. O segundo tempo iniciou e ele voltou com dois copos de água na mão, sentou-se ao meu lado e me ofereceu um dos copos. "Você já está meio rouco de gritar!", disse sorrindo. "Obrigado!". A Portuguesa retornou mais disposta do que no tempo anterior.

Ocorreu um pênalti a favor do Gama e o juiz, carioca, não marcou. "Filho da puta! Ladrão!", engrossei. "Ele tá é protegendo o Botafogo da desclassificação!", justificou um senhor. Aos 27 minutos, Alexandre bate uma falta e converte mais um. Novos festejos e saudações. Eu o abraço e sinto ele tocar levemente a boca no meu ombro. Estou feliz com a vitória, aperto-o contra meu peito e rio satisfeito. O juiz dá o apito final. Ao sair, não sabia se era ele que me acompanhava ou se era eu que seguia seus passos. Da mesma forma, não distingo claramente como decidimos ir, a pé, para o apartamento dele. Nem consigo explicar nossa cumplicidade ao olharmos um para o outro e rirmos e nos despirmos e nos amarmos. Foi tudo tão rápido e ao mesmo tempo lento que num instante estávamos no estádio e no outro já havíamos chegado à casa dele, e enquanto caminhávamos pelas nove quadras parecia que nunca chegaríamos. E o modo dele me olhar como se me compreendesse e, mesmo sendo menor do que eu, me pegar e deitar no colo sem se incomodar com o meu choro, contendo as lágrimas quentes que há tanto tempo esperavam por ele, esperando que aquelas mãos com dedos fortes e curtos acariciassem o meu rosto, levando-me a sorrir e a beijá-lo suavemente, quase envergonhado pela possibilidade de amar ou ser amado. Eu me senti completamente feliz. Tão feliz que saí do apartamento sem perguntar seu nome, telefone e onde trabalhava. Guardei somente o som da sua voz dizendo que eu era especial. Não estranhei que ele me achasse especial na primeira noite que passara comigo. Ao contrário, achei natural. Extremamente natural, melhor dizendo. E que ninguém me condene por não ter sido eu a tomar a iniciativa de dar o meu nome, telefone e endereço. Simplesmente não me ocorreu. Ou talvez tenha ocorrido, sim. É que eu queria que Ele tivesse vindo atrás de mim, quando saí do apartamento. Queria que ele tivesse vindo atrás de mim e dissesse que havia esquecido de pegar meu nome, telefone e endereço, pois ele ia querer me ver de novo. Não há dúvidas de que ele me amou como nunca amou a ninguém. Mas teria ele coragem para assumir um amor assim? Teria? Quem sabe ele não diria que eu era, para ele, uma pessoa sem passado? Alguém que não conhecia...

A luz de um dos apartamentos do prédio em frente se acendeu. A puta, sob a marquise, começa a brincar com a meia. Enrolando e desenrolando-a com a palma das mãos. Aparenta estar cansada. As cores da alvorada rasgam a couraça da noite. Os postes teimam na necessidade de iluminar a rua. Pequenos movimentos começam a ganhar forma. Um homem caminha com o seu cão, um vigia abre as portas de um prédio residencial, espreguiça-se e fecha-se dentro do seu casaco de lona verde. O aroma de café desperta dos frisos da parede de uma lanchonete, aquecendo a vontade e afastando o frio. A noite passada em claro mina as forças de minha solidão, abate-me para que eu irremediavelmente me sinta filiado à puta que, como eu, não teve calor essa noite, que talvez também tivesse atravessado a triste história dos homens que amou e perdeu. O céu levemente abandona o baço do chegar do dia e vai ganhando contornos de azul e branco. Os postes jazem sem vida. Carros passam esparsos. A puta se levanta, põe a alça da pequena bolsa no ombro e bate com as mãos na bunda para limpar a saia. Tenho a impressão de que ela vai começar a chorar. Penso em fechar minha janela e me recolher, mas continuo aqui, esperando que ela se vá. É quando escuto o soprar de uma canção de flauta. A princípio bem baixinho, depois ganhando força e se propagando no ar. Um senhor de bigodes, com o peito nu, de uma pequena varanda empunha sua flauta. Conheço a música: é a abertura de Tannhauser, do Wagner. Por um momento passa a existir somente o som daquela flauta, a melodia planando no ar, preenchendo a miséria e a sujeira pintada nos grandes portões de ferro dos comércios, transbordando latas de lixo e colorindo o bailado dos passarinhos. Tudo está paralisado como numa prece, até que o som se extingue, e eu, de coração cheio, ainda enlevado, desvio a atenção para a puta, que bate palmas e sorri com os olhos carregados de pintura: "Maravilhoso! Maravilhoso!", grita frenética para o homem da flauta. Ele tira o instrumento da boca e lhe lança um beijo. Ela então dá as costas para a manhã, para a rua, para os carros, para as lanchonetes que começam a abrir, para os esportistas que fazem alongamento nas calçadas, para mim, que a vejo da janela, e toma o rumo sonolento de casa.

Para Chico Hunter e Eribaldo (em memória)

Céu fatiado de azul

Atalhos: Leda e o relógio acertavam o tempo. O vento mais úmido, ameaçando. E o cão vira-lata não mais a seguia. Cansara de dizer não aos pedintes. E em seu coração chovia. Quem disse Salvador um verão sem tréguas? Salvador a levava à loucura. Eram as melhores horas. Um homem com alma de cidade.

Entalhes: o ateliê não recebia um turista há séculos. Na verdade, dos doze anos vividos ali, tirara muito, reconhecia. Hoje, a rua, escura e funda, exalava odores de morte. E a luz, que iluminava o saguão, mal servia para nortear os olhos de doninha do proprietário. Real Antiquário. A letra u, pintada numa caligrafia caprichada, apagou-se por si própria, cansada de se apresentar na placa comida de ferrugem. Apesar disso, Salvador continuava a empunhar o formão, talhando uma nova cópia de peça barroca. Os cabelos raros e brancos de velho espanhol. As mãos grossas e ainda fortes. Sua mão era seu sexo: os dedos hábeis e macios, moldando a carne rebelde de Leda.

Retalhos: *Conheceram-se numa noite clara em que o céu estava fatiado de azul e as estrelas nasceram ofuscadas. Leda & Salvador. Tocava uma música sensual nas escadarias do Carmo. Salvador, bêbado. Leda, chapada de maconha. Sorriram um pro outro: o gringo e a negrinha. Ele sem saber dançar a salsa. Ela já acostumada ao ritmo e à voz de Gerônimo, ao balanço e à malícia de Gerônimo, à pena pintada de vermelho na ponta e na cabeça de Gerônimo, ao sorriso malemolente dos quadris de Gerônimo, seu cantor preferido, preto – apesar de branco. Eu sou negão... Eu sou negão... Meu coração é a Liberdade. E assim Salvador se libertou, subindo os degraus até sua pequena Oxum, que girava já dentro de sua cabeça desde tempos atemporais.*

Atalhos: Guardava a lembrança da avó, anéis de ouro e balangandãs. Escrava como Leda, pobre como a mãe de Leda, mulheres juntando o comércio do amor possível. No iorubá, língua-mater, xingava o feitor de puto, viado, ladrão. Em português, desfiava mentiras quentes como a cor do dendê. Ela sabia que o amor e o sexo são as palavras. Não quaisquer umas, porém, as palavras.

Entalhes: As hastes dos óculos eram flexíveis e envolviam as orelhas grandes. Uma das lentes quebrada. Bem no meio. Daí a imprecisão. E lascou a beirada do lábio com sua ânsia. Os dedos molhados. De suor. Mesmo assim avançou. Podia-se ouvir um espasmo ou suspiro no ar. O vento revirando as folhas do catálogo sujo sobre a mesa. Salvador acariciou o peito quase reto, quase liso da escultura, não fossem os dois biquinhos. Ele cuspiu um cuspe grosso na ferramenta – outrora tão luzidia. E com a outra mão desferiu o golpe entre as pernas do anjo.

Retalhos: *Carregara a menina no colo como um noivo leva a noiva em suas núpcias. Entre tantos, ela o escolheu como homem, assim como Zeus escolhia suas vítimas. Talvez a beleza da jovem o embalasse para uma armadilha. Dois marginais sairiam de algum canto escondido e o roubariam e o assassinariam, deixando seu desejo enterrado num vão, tornando Salvador nota e número de um jornal esquecido e em ruínas. O susto veio. Leda Leda Leda. Dezessete aninhos e já passara para Antropologia na universidade. Como podia? Mais susto. Ela conhecia arte. Mesmo no lixo que era a loja. A influência européia, séculos de* oro y plata, *porcelanas chinesas e azulejos azuis, castiçais, ornamentos em peças cotidianas. Danada. Susto maior. A raiva de Leda. Raiva dos homens e seus preconceitos na pele. Raiva tão grande quanto a delicadeza.*

Atalhos: Cada nó de suas tranças contava uma história de espoliação. Queriam-na mais trágica, menos feliz. Não permitia. A beleza de sua alegria guerreira era estampada na fronte.

Arrastou Salvador pelos braços, apresentou-lhe o Ilê. Nada de chicletes com banana, babados novos, harmonias do samba ou quem quer que representasse a estupidez de uma alegria embalada por uma maré sem ventos. Por isso, odiava os circuitos de carnaval e o automatismo dos corpos nas danças sincronizadas. Não era o vento que a insuflava. Sim, as tempestades. Fechou as mãos com mais força e sentiu as jóias machucando as palmas. Jogou tudo dentro da mochila: anéis, brincos e pulseiras. Aproximava-se da casa de John, um velho sobrado caindo aos pedaços na Mouraria. A poucos passos, ouviu o cachorro latir.

Entalhes: O telefone tocou. Era Leda no celular. Salvador ouviu tudo em silêncio, apenas murmurando o consentimento. Não restavam mais alternativas. Precisavam sair da cidade, abandonar o País. Quando montou o ateliê, haviam outros artistas. Verger costumava visitá-lo. Salvador falava vários idiomas. Filho de brasileira com italiano, nasceu na Espanha. Durante a infância, morou em Portugal. Os pais não sentavam lugar. Mudaram-se para a Itália, a Grécia e, por fim, fixaram-se na África do Sul. Com dezoito anos completos, a mando do pai, foi buscar trabalho na França. Lá, aprendeu a pintar e a esculpir, enquanto vendia pães em cestos nas ruas de Paris. Numa noite de boêmia, recebeu convite de Truffaut para fazer figuração num filme. Assim, começou carreira no cinema. Não se saiu de todo mal. Logo, outros cineastas o convidaram. Godard, Jean Vignon, Louis Malle e até Fellini, que visitava os estúdios de produção de *La Rivière de Cassis*. Dividia seus dias entre a sétima arte e as aspirações políticas da época. Tornou-se marxista. Contudo, sentia-se um estranho em qualquer chão que pisasse. Gostava de aventuras. As mulheres o agradavam e não se recusava aos homens, conquanto que fossem bonitos e tivessem alguma graciosidade. Participou das manifestações de maio em Paris, viajou para a Bélgica, Alemanha e, quando se cansou, decidiu estudar política na Inglaterra. Os anos foram passando e Salvador cada vez mais desterritorializado. Viu com terror a queda do Muro de Berlim, teve depressão, isolou-se. Até que um dia caíram em suas mãos novamente o cinzel e o martelo. Ele os recebeu, gratificado.

Retalhos: *Tinha bebido e nem por um instante pensara numa razão íntegra o suficiente para se satisfazer: que queria a menina? Andava pela sua caverna como se dela fosse, afastando peças, sorrindo e dançando entre as Vênus e Dianas. E tinha se apercebido – sim, nesta hora precisa –, Salvador lembrou e se conscientizou de que era um velho. Leda beijou sua barba por fazer. Leda arrancou seus óculos da face. Leda abriu os botões da sua camisa. E Salvador, Salvador não sentiu nada. O pinto tão murcho como ultimamente. Mas não era um completo vazio o que sentia. Dentro, lá dentro, era um sentimento abrasador, pulsante e extremamente vivo. A questão era se para Leda bastava isto, olhar. Leda segurou o sexo de Salvador em sua mão de menina. Sexo grande, macio e mole. Salvador tentou se recolher e fugir. Mas Leda o deteve, baixando a mão até suas bolas e apertando com firmeza.*

Atalhos: Uma empregada-zumbi abriu a porta e segurou o rottweiller pela coleira. A mulher era um caniço, mas de um lado a vassoura e do outro, a grande fera assassina. Leda escapou para o corredor e, de lá, direto para o jardim, nos fundos, de onde uma luz natural se projetava para o interior, e da porta se viam duas cadeiras de ferro, uma mesa de madeira, caixotes e mais caixotes amontoados e uma vista linda. John molhava as pontas dos bigodes loiros numa xícara de café, óculos escuros, bermuda e camisa florida aberta no peito. Um chavão, pensou Leda.

– *Hey*! Ledá!

– Diz aí, John.

– *Coffee*? Está uma d'lícia.

O quintal e a casa ficavam acima da rua posterior, a diferença de altura propiciando a visão das torres das igrejas do Pelourinho, os telhados vermelhos enegrecidos das casas, janelas de edifícios e muitas antenas por toda parte. Um forte.

– O que vai ser desta vez? – falou o americano em bom português.

– Nada de compra. Trouxe um negócio para você.

– *Oh, really*? E do que se trata?

– São jóias. Coisa de primeira. – Ela pôs a mão na mochila.

Ouviu-se um grunhido. A cabeça do cão surgiu na janela da cozinha.

Entalhes: Era preciso lixar a madeira, passar verniz e deixar secar. Depois, lixar novamente – com uma lixa mais leve – e pintar com tintas foscas, para dar a impressão de antigüidade digna de uma obra de arte. Reconstituir o passado. Inglaterra. Um dia, chegou uma carta da África do Sul. Os pais completavam quarenta anos de casados. Junto, uma foto do casal. Estavam mais gordos do que imaginara. O pai nada escrevera, somente a mãe, sua doce e meiga mãe brasileira. Contava que não se acostumara ao abandono, que chorava antes de rezar, à noite, enquanto o marido roncava. E pedia cuidados ao anjo da guarda do filho. Salvador deslizou a ponta dos dedos sobre o papel e acreditou que talvez uma lágrima houvesse molhado e turvado as tintas da caneta. Suas lembranças não davam conta da família. Acostumara-se à solidão e, também, à independência.

Forjara-se homem pelos próprios esforços. E sobrevivera. Na infância, a mãe era uma presença viva, enquanto o pai, bom comerciante, contentava-se em pôr a comida à mesa, fazer as vontades da mulher e perguntar como ele andava nos estudos. Em todo o resto, era como se não existisse. Já a mulher, de pele apessegada e olhos puxados, abraçava Salvador sempre que ele chegava, tratava-o como um eterno menino. Daí, raciocinou ele mais tarde, o desprezo e a ferocidade com que o pai se apressou em despachá-lo para longe. Era pela mãe que escrevia postais ocasionalmente. E, pelo pai, a decisão de nunca telefonar nem voltar para casa. Quando o velho morresse, quem sabe? Mas, dois anos depois, a mãe descobriu-se com um câncer – sua falta?, ele se perguntaria – e então faleceu em poucos meses, evitando o reencontro. Salvador montou uma exposição com seus trabalhos, recebeu críticas extremamente desfavoráveis e se recusou a criar algo novo no futuro. Tornou-se um exímio copiador. Um artista que sobrevivia graças ao desejo daqueles que não tinham dinheiro e desejavam mais que tudo um nome famoso na parede da sala, num canto da biblioteca ou no alpendre da fachada da nova casa. Numa tarde fria de março, pegou seu agasalho, abriu o guarda chuva e, na agência de viagens mais próxima, comprou uma passagem sem volta para o Brasil.

Retalhos: *Sussurros, pequenos sinos, timbres, sim, avança o sinal, pára, segura e lança seu uivo de salvação e despertar, óleos oleosos pelos vãos escavados, caindo atrás de você o trovão, eu, um raio apagado no tempo, estamos às voltas e envoltos em odores, disfarçamos nossos nãos, entrelaçando os sentidos e fazendo, oh, estamos fazendo, mesmo?, tão perto assim, a glória e o altar, cantarei gregorianos cantos, chuvas móveis em sua face, pergunto-me como e eu desejarei sempre, você, Leda Leda Leda, sem enganos, beija, meu coração, beija meus dedos fatigados, beija-me com teus lábios novamente, fechando e abrindo e dobrando a espinha, chorando em mim, mais uma vez chorando em mim... Eu, inteiro, encoberto por suas tranças, encoberto por sua volúpia.*

Atalhos: Leda tirou os anéis e os balangandãs e John admirou-se da formosura.

– Quanto?
– Cinco mil dólares.
– Não. É muito.

Ela ameaçou guardar de volta na mochila.

– Pago dois mil.
– Quatro. E mais duas trouxinhas.

O americano sorriu maliciosamente.

– Se quiser, te dou dois mil e – olhou para as pernas da menina – posso lhe compensar com uma coisa melhor que *drugs* – apalpou o volume na virilha.

– Nem pensar. São quatro mil e só.

– Se quiser, dou três e deixo você cheirar algumas carreiras.

– Pra eu ter uma overdose? Não, obrigada. Aceito os três. Em dinheiro. Deixo as jóias aqui e saio imediatamente com a grana, sem mais conversa.

– *All right*! Estou d'acordo. Mas isso não é material roubado?

– É herança de família. Você ainda não precisa se preocupar com a concorrência.

Entalhes: Para que guardar os entulhos e fingir e se convencer e retornar a uma rotina solitária, colhendo os caquinhos do Velho Mundo, asfixiando-se com a invasão, com a depreciação da vida, os prédios, outrora casarões repletos de vida, desabando sobre ele, Salvador, sem fio de esperança, a desapropriação, o governo, os turistas, a placa REAL ANTIQUÁRIO uma mentira, uma ilusão, os sonhos dos meninos seminus cheirando cola na esquina, olhando para ele, Salvador, sem ao menos expelir o medo que assegura a não-violência, evita a morte, o perigo desse outro inóspito, falando outros idiomas, as palavras pintadas com cores de amor e sexo. Palavras. Leda quer ir embora para o lar que ele deixou, viver uma outra guerra, estar no centro do poder, fazer cócegas, ser uma bárbara no Império, ou ainda na periferia do Grande Império.

Atalhos: Entalhes: Leda pagou as passagens e despacharam as malas e se abraçaram longamente. Faltava mais de uma hora para o vôo partir. Salvador segurava uma pequena bagagem de mão, Leda uma bolsa. Salvador. *Go home*!. Leda. *Eu amo Salvador*. Ele a presenteou com um perfume caro. Uma gota em cada lado do pescoço. E disse *parabéns, menina! Feliz aniversário*! Ela sorriu, beijando sua boca. Atravessaram o portão de embarque juntos, pisando primeiramente com o pé direito. No avião, Leda deixou que a paisagem se dissipasse entre as nuvens e finalmente olhou a janela e o céu fatiado de azul.

Para Fernando Costa

Amor inconsútil

Não quero o homem que me quer
E há um sol que eu quero em meu rosto.

Dicotomia, *Kátia Borges*

A cabeça de André tombou sobre o ombro de Antônio. Não que estivesse morto ou desmaiasse, mas, sim, como quem de súbito se preparasse para o que haveria de vir, esperando o pior. Ensaiou dizer uma palavra de amor, entreabrindo os lábios curtos e grossos, porém não a pronunciou, preferiu recolher-se, avaro.

Antônio achava gostoso sentir o peso da cabeça de André reclinada sobre seu ombro, mas aquela situação de estarem, os dois, um de costas para o outro, o incomodava.

Da janela da sala soprava um vento frio de junho que tornava o branco das paredes gelo. O suor descia pela testa de André.

Então, sem avisar, Antônio se virou e abraçou aquele corpo robusto, fazendo com que a cabeça do outro repousasse em seu colo, os cabelos longos e lisos acariciando-lhe a perna.

– Você me ama?

– O que é amar?

– É me possuir como se eu fosse um cãozinho, protegendo e alimentando...

– Então, não te amo.

Lúcio nada cobrava, não pedia amor nem gestos de carinho. Quando falava, era sempre a respeito de coisas não refletidas, condicionadas. *Você viu o último capítulo da novela das oito? Conhece a piada do...? Estou a fim de comprar um carro novo.*

Curioso foi André tê-lo conhecido na loja de videogame. Comprara uma ficha para o *Fight of Heroes* e perdera vergonhosamente. Do nada, Lúcio apareceu ao seu lado e começou a dar umas dicas. Em poucos minutos, jogava por ele. *Formamos uma grande dupla. Que tal um chope para comemorar?*

– O que você viu em mim, garoto?

– Eu?

– É, tu mesmo.

– Ah, gostei do seu jeito.

– E como é o meu jeito?

– Sei lá, é teu jeito, simplesmente.

O frio bateu e Antônio se levantou para fechar as janelas. Pequenas folhas secas estalavam enquanto ele pisava no mármore. Era o inconveniente de se cuidar de plantas. Perto do sofá, um livro aberto oscilava de uma página para outra. André nunca lia um livro só, daí que ficavam espalhados pelo apartamento como migalhas de conhecimento.

Tudo era grande demais, distante demais. André não tinha mais ilusões. Queria a deriva.

A mesa da sala era oval e nela espalhavam-se folhas de papel, uma caneta, um jogo de lápis de cor. Antônio, em pé, pegou uma folha em branco e amassou.

– Por que compramos novos discos se eles estão sempre repetindo tudo o que ouvimos antes?

– Toni!... Nada é igual. O novo não precisa ser completamente novo, basta que seja alguma coisa diferente.

André olhou o relógio. Em seguida, abriu mais a janela. Antônio estava agora deitado sobre o sofá e se encolhia – vestiam somente calções.

– Estou com calor.

– Estou com frio. Mas deixe aberta. Sentir frio é bom e nos conscientiza do quanto estamos sós.

– E eu, não estou aqui?

Antônio não respondeu. Em vez disso, enfiou o nariz no estofado e tentou não imaginar os longos cabelos grisalhos de

André recebendo o vento enquanto ele apreciava a vista lá fora.

– Não sou mais um garoto para você?

– Por que pergunta? Eu é que devo ser velho demais para você.

– Mas não era quando eu tinha dezessete e você cinqüenta, André. Ou, pelo menos, você não parecia pensar assim – disse num tom triste, porém calmo.

– As coisas mudam.

– Sim, elas sempre mudam. Hoje eu tenho vinte e cinco. Amanhã terei vinte e seis, ano que vem... – calou-se. André fechou a janela.

– Que idade ele tem?

– O que importa? Você não me ama mais, não gosta mais de sexo.

– Eu te amo mais que tudo, André! O meu amor é um amor sem fronteiras e sem remendos. O que é o sexo perto disso?

Depois, ficaram mudos por muito tempo. Até que André se vestiu e, sem se despedir, foi ao encontro de Lúcio. Não voltou para pegar os livros.

O balão amarelo

A feira cobria toda a extensão da praça. Homens, mulheres e crianças comendo, comprando, vestindo, experimentando. Os carros no estacionamento subiam uns nos outros, gritavam. Casais se encostavam em árvores, encolhiam-se em bancos. A lua acolhia e iluminava. Meu bem vinha caminhando a meu lado quando parou e anunciou que precisava fazer uma ligação. Assenti, feliz que estava com o novo anel no dedo, imitação de aliança quase igual a dele. Da cadeira esquecida numa barraca, eu o olhava na fila, aguardando gente apaixonada falando distante. E acompanhava a movimentação colorida e alegre que se entrelaçava à minha frente. Próximo, pais afoitos continham meninos diante de um homem que enchia de gás balões coloridos. Era um rapaz e não se inquietava com os pedidos e protestos tenazes das crianças, apenas baixava a alavanca quando a boca do balão estava encaixada no pistom. Provavelmente tinha filhos e vendia balões para sustentá-los. Meu bem, paciente, após a espera na fila, finalmente conseguiu chegar ao orelhão. Mordi os lábios. O rapaz enchia os balões um a um. No final, dava-lhes um nó, entortava, torcia, até que adquirissem uma forma engraçada qualquer. Quando começava a esculpir um balão amarelo, longo como uma cobra, este teimou e desafiadoramente se desprendeu de suas mãos. Meu bem sorria longe, o fone entre o rosto e o ombro e uma das mãos no bolso do jeans. O balão amarelo dançava lento no vácuo. Estalei os dedos. Meu bem agora falava animado. Eu não o ouvia. De repente parou, deteve os olhos em mim e se virou de costas. Procurei o balão no céu. Ele já avançava sobre os postes de luz improvisados. E recordei da estranha manhã em que eu era muito pequeno e mal tinha aprendido a andar. Estava só, na frente da nossa casa, no meio da rua, numa ladeira. No final, o lago. A cidade era uma armação desdentada e nós ainda morávamos em casas coletivas de madeira, próximo ao Paranoá. Tive medo de tropeçar, cair, rolar e parar dentro das águas do lago. Estava só e ainda hoje não sei como havia chegado ali nem como fiz para sair de lá. Eu não sabia falar e o medo paralisara meu choro. Sentia que uma fatalidade me levaria a cair, rolar e parar dentro das águas para morrer afogado. Não sei como saí. O balão amarelo ganhava altura e diminuía de tamanho. Meu bem virou novamente. Ele falava e eu reparava no quanto ele era forte, no quanto me inspirava segurança e proteção. Fez um aceno para que eu mantivesse a calma. O balão estava agora quase no meio do céu. De alongado, tornou-se redondo. Redondo como a bola que meu pai me jogava para que eu chutasse desajeitadamente. Estávamos na areia e alguns colegas e vizinhos brincavam conosco. Eu não sabia chutar direito, dava com os pés nos montes e reentrâncias da areia e via os outros rir. Mas meu pai não ria, insistia e jogava a bola para mim. Eu errava e não me sentia ridículo por errar. O balão não era mais amarelo. Virara um ponto branco igual as estrelas. E como estrela se apagou no mistério da noite. Eternizou-se. Meu bem desligou o telefone e veio em minha direção. O tempo era não mais que uma mentira, a vida tão simples quanto passear na feira e pedir um doce, alcançando com o coração o que anos de esforço e tentativas não me deram, sendo eu um pequeno balão amarelo a fugir de hábeis mãos, ilustrar o escuro do céu e saber que nada era tão importante quanto estar ali, ao lado do meu bem, considerando como um tesouro o anel de brilho falso apertado no dedo.

Para Alexandre Henrique

Leponex

Phármakon

Uma estória de paixão e rock. Sonhava. Indo e vindo. E também tamborilando os dedos no balcão. Não exatamente Love and Rockets, ou Rê Bordosa... Talvez, meio Rê na atitude, ou, pensava, mais pra Ranxerox, uma coisa tipo música eletrônica, compreende? Porém, sem lembrar daquelas patricinhas do colégio, que aí é foda. Não que tivesse preconceitos, não tinha. Nem unzinho sequer. É que ela, Suze, não gostava mesmo, nunca gostou. Eletrônica não quer dizer *qualquer* eletrônica, percebe? Então, se já deu pra entender, jamais fale em Pet Shop Boys perto dela. Cruzes! E nem do New Order. Não suporta. A única das bandas pop que aprecia é o Depeche. Ah, lembrou que tinha gravado um MP3 do Hamstein! Essa sim é perfeita, tudo a ver com o clima do gibi. E começou a desenhar, a música passando do fone e se inscrevendo nas linhas negras de nanquim pelo papel.

O herói, um punk. Só que, olhando bem, ele não tava parecendo com *o* carinha. Legal se parecesse. Aí ela rabiscou por cima e fez outro no verso, agora sem cabelo moicano, mas no mesmo estilo econômico de traço. E se lembrou da Cássia Eller naquele-show-do-disco-como-é-que-é-mesmo-o-nome? O show maravilhoso, agressivo pacas, ela tinha até comprado a pirataria em DVD. Suze aprendera a tocar violão só por causa da Cássia. E descobriu que, para ser radical, não dependia de guitarra elétrica. Foi um pulo para pintar na casa dos tios e gravar a Joan Baez. Janis Joplin, Suze achava chata. Que nem a Alanis. Histéricas. Quando o tio falou do disco Gal Fa-Tal, chapou. Era possível que aquela Gal fosse a mesma da televisão? O disco era qualquer coisa e não tinha pra ninguém. Se comparasse com as celines dions da vida, com as marisas montes, com as pittys e as pinkys, ai meu Deus, dava pena. Resolveu mudar a música e pôr Cássia de vez e sem demora. Putz, que voz! Fez o gesto de quem acompanhava com um instrumento, estendendo o braço e passando a caneta como uma palheta na barriga, o violão invisível. Aí sentiu uma cosquinha gostosa da caneta raspando no piercing do umbigo.

Lá vinha a mulher chata do analgésico mais uma vez. Todo dia, *me-dá-do-ril?* E Suze era obrigada a parar o quadrinho e a ser educada e a perguntar *quantos a senhora vai querer?* E a pegar os remédios no mostruário abaixo do balcão e a colocar uma ficha de papelão com números escritos a pincel atômico e a ver a chata da mulher levar aquele mirradinho de compras diárias pro caixa, uma mulher com uma grana dessas – pelo menos, era isso o que aparentava, olhando pra roupa e pros óculos e aquela pose de empresária com carro esporte tipo último ano. Tem dó. Era possível gente viciada em analgésico?

O grande lance é que se o pai não fosse farmacêutico, ah, se não fosse!, ela pulava fora. Quatro horas do dia atendendo no balcão, enquanto o pai ia resolver os negócios e a Leila, a verdadeira atendente, almoçava em casa. O bairro era pequeno, mas a Leila tava com menino de colo e demorava hor-ro-res. Vantagem: ganhava uma grana e aproveitava a paz do horário pra desenhar e, quem sabe, terminar o gibi tão sonhado. Então, fácil assim, descobriu que o bom podia ser ruim e que poderia amar o que odiava.

O carinha

Ele chegou e colocou a receita bem em cima do gibi. Suze não ligou. Acontece que não entendeu a letra do médico e perguntou.

Leponex, respondeu ele. *Hã?*, emendou ela com cara de tonta. A voz rouca repetiu, LEPONEX, olhar baixo, a timidez e a receita na mão. Ela achou engraçado o nome e enquanto procurava a caixa, fez uma série de associações: calminex, relax, prafrentex, sexy, muito sexy. *Aqui está! Agora, me mostra o seu RG.* Ele mostrou a cédula de identidade e assinou onde Suze indicou.

No mês seguinte, tava parada na dela, ouvindo um Tom Waits, o cara pintou e, credo, que engraçado, reparou, a voz era igualzinha a do Tom, só que a cara do cara tava mais pra um Dinho Ouro Preto. Ela sabia que o nome do carinha era Otávio, mas, porra, quem é que ia querer ser chamado de *Otávio* numa altura dessa da vida? Virou Fodidinho Ouro Preto (Suze riu assim que inventou!). Pois o cara tinha de ser fodido, tomando um remédio daqueles. Quer dizer, ela desconfiava. Vai ver nem era.

Encontros e reencontros

Não esperava que ele falasse com ela na rua, o cara mal lhe dirigiu os olhos na farmácia. E todo mundo reparou, afinal, FOP – Suze abreviou o apelido – estava assustador, vestido daquele jeito, mas ela achou lindo o sobretudo, mesmo com o sol de derreter os miolos. E, principalmente, a camisa do Sandman, que ela adorava mais que tudo na vida, apesar da arte das primeiras revistas ser uma merda. Neil Gaiman, na sua cabeça, era um gênio. Pegou na mão de FOP e foram embora. A mão tava fria. Ela achou o maior barato isso, estando ele com aquele sobretudo e debaixo de um sol violento. Mão fria, coração quente, raciocinou Suze, desconfiada que tinha escutado aquilo antes, uma babaquice dessas que se ouve todo dia, no entanto, se rolava a idéia gratuita na sua cabeça, tinha uma validade. Suze olhou para Fodidinho Ouro Preto e sorriu. O homem era pura pedra de gelo, pálido e sem expressão, nada a ver com a hora em que perguntou pra Suze se ela era a menina roqueira da farmácia. Ela sentiu algo especial quando olhou pro FOP. Ele não se parecia só com o Dinho Ouro Preto, agora ele se parecia também com o Iggy Pop e o próprio Sandman da camisa, os olhos pretos como o céu escuro e o cabelo inteiramente arrepiado. Ele estava simplesmente lindo. Caminharam pelo parque da cidade e era recompensador sentir que não havia necessidade de palavras entre eles. FOP agora sorria satisfeito e a mão não estava mais fria, suava e molhava a mão de Suze com o suor morno. Atravessaram o longo jardim sem parar nem um instante, então, quando se aproximavam da saída, FOP anunciou que precisava voltar, que estava proibido de passar dali. Suze fez um sim com a cabeça e eles se beijaram. Ela seguiu em frente, aproximando-se do lugar onde morava, e, antes de cruzar o batente da porta, olhou para cima e a noite começara a cair, deixando um vestígio mágico no ar.

HQ

O encontro seguinte foi na saída do cinema, após um filme iraniano chato de morrer. Uma amiga tinha assistido e indicado. Como sempre, Suze quebrava a cara nessas ocasiões. Seu gosto era muito particular. Achara o filme de um maniqueísmo atroz. As personagens principais eram crianças e sofriam o diabo. Filme pra chorar. De raiva, pensou. Andava assim, absorta, quando bateu de frente com FOP. Embaraçada, viu o cara rir da sua distração. Também não tinha gostado do filme. Nesse dia estavam ambos mais falantes. Conversaram sobre cinema, arte, política e religião. Suze ficou admirada com a inteligência de Otávio, principalmente por causa de sua beleza. A maioria dos meninos que conhecia, quando eram bonitos, estavam mais interessados em namorar e zoar, bebendo e dirigindo, freqüentando boates e discutindo futebol. Uma exceção era Kal, seu primo, extremamente charmoso e culto. Mas gay. Beberam um café no shopping e FOP a convidou a conhecer seu apartamento. Logo na sala, um retrato enorme de Virginia Woolf, em perfil, P & B, decorava o ambiente, sem nenhum móvel, as paredes brancas preenchidas com linhas e linhas de palavras até o teto. FOP morava só, trabalhava em casa, preparando programas de videogame. Os outros aposentos eram iguais ao de todo resto do mundo. Suze tirou uma camisinha da bolsa e transaram no quarto. No fim, ainda sob o encanto um do outro, perguntou se podia ler o que estava escrito na sala. FOP explicou que ali haviam muitas histórias, todas sem começo nem fim, que tanto fazia começar de um ponto ou de outro, um pouco como Jogo de Amarelinha do Cortázar. E não se lembrava direito de quando e como escrevera. Desde que começara o tratamento à base do Leponex, os surtos tinham se tornado cada vez mais raros. Ele não se importava de permanecer "fora" um tempo, sentia que vivia a vida como um sonho. Contudo, sua mãe o visitou certa noite e o encontrou desmaiado. Estava sem tomar banho há mais de semana e perdera dois dentes. Ela ficou assustada e implorou que ele aceitasse consultar um psiquiatra. Isso ocorrera há seis meses.

O sucesso

Passados alguns dias sem que se vissem, Suze conseguiu desenhar a sua primeira história em quadrinhos completa. No topo, escreveu: "A dança do pajé Ciborgue". Argumentos – FOP – Desenhos – Suzuki. Ela passou a limpo as páginas, envelopou e mandou para uma revista especializada.

Quando Fodidinho Ouro Preto foi comprar seu remédio, Suze deu a notícia. Iam publicar seu trabalho. Ela ficou com medo de FOP achar que tinha sido roubado, mas explicou que tinha dado os créditos da dupla autoria, o que não era toda a verdade, pois o suor maior fora dela, e pretendia dividir a grana assim que recebesse. Ele não respondeu. Pegou o remédio, olhou para ela, sorriu e passou pelo caixa.

A maior emoção que uma garota como ela podia ter. Suze recebeu o pagamento, mas nenhum exemplar da revista. Então, teve de esperar um mês e meio até que a Circus finalmente chegasse nas bancas. Tocava Franz Ferdinand no MP3 e o sol amarelava as revistas em exposição. Seus nomes vinham no pé da página, em letras miúdas, mas bem ao lado do Laerte e do Mutarelli. Comprou todos os quatro exemplares da banca do seu Manel. E foi correndo contar e mostrar a dimensão da sua alegria para FOP. Ele não se alterou muito, mas trocaram muitos beijos.

Mês sim, mês não, publicavam um trabalho da nova dupla dos quadrinhos nacionais. FOP nunca aceitava sua parte do dinheiro. Suze visitava o apartamento, transava, lia as paredes, desenhava e ouvia música. Não precisava mais ajudar o pai na farmácia. Tudo aconteceu muito rápido. Em pouco mais de dois anos havia publicado e republicado todo o universo imaginário da sala de seu namorado. Virara uma artista conhecida. Otávio continuava tomando Leponex e criando jogos para crianças e adultos viciados. Tirando uma convulsão ou outra, levava uma vida quase normal. Suze recebeu alguns convites para formar parceria com outros argumentistas. Mas a reação do público foi fria diante de um desempenho apenas medíocre da desenhista. Ela precisava de alguém com a força criativa de um FOP ou de um Alan Moore na época do Monstro do Pântano. Então, no auge do sucesso, Suze deixou de desenhar. Assim mesmo, sem traumas. Nunca cogitou em pedir para FOP deixar de tomar o remédio. Eles se mudaram para um apartamento no centro, tiveram uma filha chamada Mafalda e hoje Suze vende revistas usadas na Internet. Só não pensem em tocar Pet Shop Boys para ela...

Para Anna Coelho, Claudinei, Eron, Ghazza e Tati Bolinha

Três movimentos para um selvagem desamor

Allegro com grazia

A mão. O toque. Vai, corre livre, sem medo da morte. A mão. O toque. Estanca a ânsia num belisco. A perna. Sóis dourados. Esplende inteira e vara a madrugada. Os olhos. Pintados. As bocas. Pintadas. As unhas. Pintadas. Cores enevoadas numa margem de luz. A cama. Os travesseiros. Os lençóis. Calor. A espádua, nua; os corpos, nus; começar e terminar somente para o prazer de um novo início. O beijo.

Eduarda, Duda, ou Duzinha, como a chamava Tânia, uma mulher, uma menina, vinte dois anos, nunca vinteEdois, rapidinho e musical feito sua fala, feito seu corpo esguio, lindo, lindo. Os ombros graciosos e quase-frágeis amparando o pescoço-de-pássaro, a plumagem no cabelo curto e recortado, os olhos-grandes-de-coruja, pairando doces no rosto, emoldurando quase, e a boca, uma boquinha redonda entre a linha do nariz e o queixo curto e suave, Duzinha, a Duda, sempre desejara Tânia.

Tânia gostava de rock, andava de skate, lecionava italiano. Sou uma mulher-revólver, dizia, aludindo aos trinta e oito anos de idade e ao gosto pelos Beatles. Revólver, saca? E os olhos apertavam (se apertavam?), reluzindo cílios gigantes. Não fosse pela camisa do Portishead, aquela com a capa do Dummy, Duzinha não teria tomado coragem pra chegar e conversar papo mole e chamar a professora pra beber e esticar e deitar e rolar e beijar e beijar e beijar e beijar e beijar sem cansar.

A respiração era funda, no encalço do mistério. Tânia, o semblante oriental, estátua mística, olhos vazados e sinuosos. A carne generosa, o desenho da linha da barriga, o piercing de bolinha no umbigo. Ambas iguais. Semi. Ambigüidades. Incerteza. Ilusão. Era e não era, jovem e anciã. O prazer de tocar a água fria, conforto e surpresa.

Ajoelharam-se ao mesmo tempo, uma de frente para a outra, e quando o fizeram, os joelhos afundaram no macio do colchão, envergando seus troncos para a frente e fazendo com que os rosados dos seios roçassem. Retraíram-se, mãos encobrindo pêras, gerando reflexos numa vidraça turva. Meninas e noite misturadas. Havia sabor secando a língua. Quando a pele enfim grudou na epiderme estrangeira, aceitaram-se. O jogo de fugir acabara. Deitaram-se como imagens iguais e contrárias, lados trocados, imperfeitos, páginas não lidas diante dos olhos. E o impulso, o impulso, o impulso contraiu-lhes o ventre até que se desfolhassem bocas em bocetas. E gozaram.

Andante

Atrasada. O almoço de Eduarda. Quinze minutos, uma besteira, culpa do aluno que não entendeu como conjugar o verbo amare. Tânia estacionou o carro e imaginou se a dúvida do garoto seria real ou artifício. Adolescentes & professores. Vez ou outra flagrava uma ereção sob a carteira. Disfarçava. Uma única vez. Bastou. Envolveu-se com um aluno. Perigo. A cara madura a enganou. E o gosto diferente, mas parecido. Curtiam cinema e música e bebida e moda. Uma farsa. Pegavam uma sessão noturna e o pau comia. O pior eram as brochadas depois das bebedeiras. Um garoto seria menos complicado. Não encheria o saco, não pegaria no pé. Mas, o cara, esse não. Insistiu até ela dizer que o reprovaria. O resultado foi um bico na perna como se o idiota gostasse de futebol e possuísse força bastante para se sustentar em pé depois. Humilhação. E o filho da puta ainda avançou, se Tânia não fosse mais rápida e arrancasse da bolsa a maquininha de dar choque em tarados. Toma! Nada menos que um machistazinho de merda. Pois o safado recebeu a descarga elétrica no saco.

E veio aula, olhos-nos-olhos-quero-ver-o-que-você-faz, sem acontecer nada. Não se tocou mais no assunto. Os outros que namorou gostavam realmente de mulheres. A questão, para ela, era gramatical. Necas de concordância. Os caras gostavam de usar o plural e nunca o singular. E Tânia não admitia infidelidade. Pareceu-lhe que Duzinha também não. E viviam felizes. Tanto que era a primeira vez que adotava namorada e família juntas. Pensava até que seu amor se confundia com esse bem-estar de se sentir parte de alguma coisa maior que o sexo ou a paixão. Eduarda vivia com a mãe e mais dois irmãos menores, todos sem trabalho fixo. A mãe se chamava Cecília e tinha sido abandonada pelo marido quando este se formou e ganhou uma promoção na firma. Hoje ela vivia da pensão e complementava a renda preparando salgados e doces para festas. As crianças estudavam em colégios particulares. Eduarda estava na faculdade. Sobrar dinheiro era raro. Contudo, Tânia achava aquele lar alegre... Ao menos quando não estavam numa espécie de discussão particular de quem-pegou-minhas-coisas ou onde-foi-parar-o-maldito-celular. Ouvia-se rádio o dia inteiro. As estações mesclando músicas com informações gerais e de vago interesse. O silêncio só recaía sobre as paredes no horário da Ave-Maria, às seis da tarde, e quando enfim todos se deitavam para dormir, sendo Cecília a última a se recolher. As portas da casa estavam sempre abertas. Tânia entrou. Um menino de cabelo castanho claro correu e a abraçou; aparentava uns doze anos. Da sala de estar, mãe e filha lhe sorriram. Na mesa, o macarrão, o frango e o feijão fumegavam. Ela se desvencilhou do garoto e caminhou em direção às mulheres.

– Já era hora, Eduarda estava para ter um troço – ralhou Cecília, enquanto beijava Tânia na testa.

Finale, adagio lamentoso

Fiiiuuuuuuuuuu. O assovio se estendeu solto pela avenida inteiramente larga naquela tarde pura em que o carro não tinha pressa em passar ao lado da menina boa e do menino descarado assoviando da janela do edifício nos Jardins. Pára. Tanta idéia na cabeça e Duda. Pára. Que raios de cantada mais covarde esta, típica de quem se esconde atrás da cortina e a mãe ou a cozinheira-não-importa-quem sem nem desconfiar da estrepolia, apenas cozinhando-lavando-enxugando. Mostrar o dedo adianta? Claro que não. Uma vontade louca de sentar ali na calçada e fingir que o sol não existe e que não tem de pensar, já que custa tanto e o pensamento por si soa tão pesado e a esta hora já começa a fugir pelos poros, crescendo como mato e morrendo e a matando de um cansaço secular. Dúvida. Enzo é tão bonito e ela não deveria ter aceito a carona para os Jardins se, afinal, mora em Pinheiros e não havia almoçado – estava morta de fome, sim, é verdade –, mas Enzo era tão bonito com aquele cabelo negro e caído na testa, uma espécie de homem antigo, Jean Paul Belmondo, Alain Delon, Marcelo Mastroianni, James Dean – não, óbvio que Brando não entra nesse time, Brando não tem carne nem osso, Brando simplesmente não existe, minha gente, é pirotecnia, invenção de computador ou maluquice qualquer –, Plínio Marcos no tempo da Tupi e também aquele ator de Bonequinha de Luxo, meu Deus, gente assim não se esquece, ah é o George Peppard! e – antes que você se canse – William Holden. E não adianta insistir que Tarcísio Meira não entra. No máximo, concessão das concessões, Tom Jobim. O fato é que aceitou a carona de Enzo, o convite para entrar e de quebra beberam as cervejas todas da geladeir`a, fumando e bebendo e admirando a beleza antiga de Enzo, sem frescuras, beleza bruta de macho com olhos negros e queixo partido. Homem assim não precisava de inteligência. Era só fumar e beber que a trilha já tocava na cabeça. Um jazz ou um rock triste. E Enzo e o pau de Enzo e o peito e a cor morena e encaracolada das axilas e curvas e Enzo e culpa e culpa e culpa. Duda.

Encontraram-se.
Desencontraram-se.

– Meu amor, tenho de lhe dizer uma coisa.
– Não, Tânia. Não antes de mim.
– Nossa, você está com uma aparência péssima.
– Eu falei para a minha mãe a respeito de nós.
– O quê?
– Isso. Disse a ela que somos amantes.
– Porra, Duda! E você nem me consultou, nem me preparou para nada.
– O problema era meu.
– O problema é nosso.
– Agora, não importa.
– Como assim, não importa? Não importa para você. Para mim, importa muito. Ou você pensa que eu entro e saio da casa dos pais da minha namorada como quem vai ao banheiro?
– Do que você está falando? Pirou?
Quem pirou foi você.
– Não sei do que você tem medo.
– Não? Pois deveria. É papel seu saber quando sentirei medo. E o momento é justamente este. Eu não namoro só você, Duda. Eu namoro a família inteira.
– Rá! Por acaso tenho uma lâmpada piscando na testa e avisando TÂNIA TEM MEDO! TÂNIA TÁ SE CAGANDO...
– Não seja irônica.
– Não imaginava esta reação sua. Ainda mais que eu nem falei o que aconteceu...
– ...

– Isto é, se importa.
– Bem, o que aconteceu, afinal?
– Minha mãe disse que já sabia.
– Jura?
– Juro.
– Ela disse ainda que o que importava, para ela, era o fato de eu me envolver com alguém independente.
– ?
– Falou que tava cansada de se responsabilizar por tudo.
– Porra...
– Também fiquei puta. Tanto que saí de casa.
– !!!

As duas se abraçam. Choram juntas. Acariciam-se. Voltam a se olhar mais distanciadamente.

– Você disse que também tinha algo para me falar.
– Era uma bobagem. Nem sei como dizer.
– Então por que não esquece?
– Eu tentaria. Se fosse capaz.
– Tânia, minha querida. Não leve tudo a ferro e fogo.
– Eu traí você, Duda. Traí você com um homem.

Duda respira fundo. Pára. Pensa. Responde.

– E daí?
– Não queria magoar você.
– Pretendia magoar a si mesma.
– Eu não o amo, entende? Foi simplesmente algo que aconteceu e pronto.
– Talvez você devesse olhar sob outra perspectiva. E quanto a mim? Você acredita me amar?

– Duda, eu sempre quis ter uma família...

– Nós podemos ser esta família, basta...

– Desculpe, meu bem...

– Desculpar não é problema. O que desejo descobrir é se estou fazendo a coisa certa. Se o que sinto é correspondido.

– Eu gosto de você.

– É suficiente?

– Olha, não sei o que você está pensando, onde planeja ficar, mas... Acho que não estou preparada.

– Tudo bem, meu amor.

– Não me olhe assim... Não chore.

– Tânia, eu saí de casa, lembra?

– ...

– Não me importo com sua traição. O que me dói é descobrir que nem o meu perdão fará alguma diferença.

– Fica. Passe uns dias aqui em casa até arrumar um lugar para você.

– Não.

– Por favor, Duda.

– Deixe-me em paz.

– Fecha a porta, vá, não há necessidade...

– Cala boca, Tânia! Não queira de volta o que eu ofereci e você recusou.

Tânia agarrou o braço da amiga e a puxou novamente para dentro.

– Duda, querida, eu te amo.

A porta se fechou.

– Mentira.

– Eu juro! Amo como nunca amei ninguém na vida.
Duda abaixou a cabeça e se manteve em silêncio.

– Eu só estava confusa. Juntou tudo na minha cabeça, entende? A história do Enzo...

– Enzo?

– Sim. É o nome dele.

– Tânia...

Duda sorriu.

– Diga.

– Que nome feio, hein?!

Ambas se olharam com força, quase fúria, parando de respirar e concentrando todas as energias nos olhos uma da outra.

– É mais bonito do que Eduarda.

– É verdade.

E riram e se abraçaram. O toque. Mãos unidas. Sem medo da morte.

Para Állex Leilla e João Filho

Então, é isso

Enquanto multidões que te soterram
revolvem-se à procura de si mesmas

Sol de nuvem, *Luís A. Cajazeira Ramos*

Então, é isso. Mãos dadas, dedos entrelaçados e um verde dourando a praça. A roupa afetando distinção, limpeza, zelo. Os cabelos e uma raiva que eu queria sentir mas não sinto. E dói. Tudo que é belo dói, cobra um preço alto. Uma vez a irmã de um amigo botou tarô pra mim. Eu não era assim como sou hoje. O amigo tinha mania de ler coisas indianas, espiritismo e maluquices dessa ordem. A barba dele era crespa e grande. Eu não era assim. Assim como sou hoje, de botas e suspensórios. A irmã dele botou o tarô para mim. Ela ficou muito cansada quando fez isso, eu não sei o porquê. Podia ser por causa das coisas que leu nas cartas. Mas ela disse que não, que sempre se cansava com o tarô, pois exigia muita concentração. Não sei se é normal alguém sentir medo do destino e do desconhecido, muita gente acha bobeira e conversa pra boi dormir. Eu senti medo. Era estranho. Ela virava as cartas e eu via uma torre aparecer e outros desenhos que não consigo lembrar. Era um baralho muito bonito o da irmã de meu amigo. A tarde está agradável e é bom estar com a turma, mesmo não conversando muito, a gente se sente seguro. As vezes mais seguro do que se quer sentir. Os cabelos dele são muito bonitos. São negros e são escorridos. Eu devia sentir raiva de cabelos negros como os dele, brilhando numa tarde resplandecente, coroando sua independência e a testa larga. *Corre corre corre.* Eu não era assim e não acreditei muito no que a irmã de meu amigo me disse. Olhando para ele, de mãos dadas na praça, vejo o João todinho, inteirinho. Magro e com os ossos da face parecendo que iam furar a carne, os olhos de um fundo inatingível, de um desafio constante, de uma ternura doída e morna, olhos de louco, olhos assassinos. A pele era parda como a terra do jardim que tinha em casa, adubada. Eu imaginava que da pele dele brotariam flores. Era engraçado. O João tentando me ensinar a beber cerveja e a flertar com as meninas e eu só imaginando ele arrebentando todo de botões de rosas e margaridas. E eu ria e ele me chamava de doido. Mas quem era louco era o João, que tinha olhos tão mágicos que me lembravam as histórias que eu ouvira sobre uma lagoa negra onde dormiam monstros e seres fantásticos. Era só o João me olhar para eu me arrepiar. Me dava um desconcerto, uma vontade. E eu bebia toda a cerveja sem respirar. Para não sentir o gosto de mijo. Ou cerveja não tem gosto de mijo? Eu nunca bebi minha urina, mas eu acho que tem, não sei bem, mas acho. – *Cerca ele! Cerca ele! Não deixa ele fugir. Cerca ele. Corre, anda: corre! Por ali!...* A praça não é grande, mas tá quase sempre vazia, uns namoradinhos aqui e uns cães ali. Ela é arborizada e tem banquinhos para se sentar. Gosto dessa praça, quando eu era pequeno e passava por aqui, meu tio, que é quem cuidou de mim depois da morte de meus pais, comprava pipoca doce para mim. O legal da pipoca doce é que ela é rosa e não branca como a outra, tem mais cara de brinquedo. Ah, ia esquecendo dos pombos. A praça tem pombos como antes. Os pombos pediam minhas pipocas. Eu dava, mas dava pouco, para eles não perderem o apetite pro almoço. Era o que meu tio dizia. Hoje ele não me diz nada, vive sedado de lexotan. Ele cuidou de mim quando eu era pequeno, mas eu tenho raiva de ter de lhe dar comida na boca. É uma nojeira sem fim. O cara não consegue nem limpar a boca. Ele deveria mesmo é ter se casado e tido um montão de filhos para cuidarem dele agora. Desse modo eu também poderia ter dividido minhas pipocas com alguém que não fosse pombo. Os pombos são egoístas e depois que comem não querem mais saber da gente. Hoje à noite eu não vou dar o papá do meu tio, quero que ele fique com fome, só pra aprender. – *Quem foi que deixou o outro fugir? Hein?! Quem foi? Traz esse babaca aqui. Eu quero cuspir na cara dele.* Os cabelos dele estão ainda mais bonitos despenteados, soltos ao vento, caindo na testa suada, desenhando curvas e laços na pele branca, serpentes e dragões chineses. A camisa esportiva, gola pólo, desabotoada. Um tufo de pelos emergido. Os músculos estão retesados, firmes e arfantes. Olho as coxas grossas sob o tecido das bermudas, os joelhos no chão, as canelas de atleta, quem sabe um corredor? Haveria os competidores em suas raias, o tiro de largada e a excelência dos corpos em disparada, avançando a cada metro, projetando o peito à frente para romper a fita da vitória, receber os aplausos, erguer o troféu. E era eu que vencia nossa disputa. Não adiantava ele me lembrar o João. *Chute chute chute. Um, dois, três, quatro...* Eu odiava o João, tinha vontade de matá-lo por saber que ele olhava para mim daquele jeito. Murro murro murro. Três, quatro, cinco, seis... Olhava como se.. olhava como se... Chute murro murro chute. Dez, oito, nove, dez... Como se... como se... *Cuspe chute murro chute chute murro murro cuspe.* João olhava para mim como se me amasse. – *Espanca esse filho da puta! Esse veado escroto! Espanca com vontade, não quero ver branco da pele. É pra aprender – sua bicha! – aprender a não ficar se esfregando com homem quando careca tá passando, sacou?!* O tempo parou com esse calor, não venta e as folhas das árvores não se mexem, os pássaros não voam, as formigas não se enfileiram no cordão negro que vai da comida à toca, o céu está vazio de nuvens. Com os pés e os punhos sujos de sangue, meus amigos vão se dispersando, a raiva perdida e aplacada, as faces livres de emoções. O dia deixou de respirar, faz silêncio. João está longe. Eu fugi dele. Me livrei. Não vou ver meu tio hoje. Eu não quero. Eu não era assim. A irmã de meu amigo falou que meu signo era o da destruição, que era preciso destruir para recomeçar, que a morte estava no meu caminho. Eu não queria perder o João, não queria perder o meu tio. Há duas estátuas na praça. Não vejo mais meus amigos nem os cães que costumavam dormir ou cagar na grama, resta um vazio, um vazio enorme. Os bancos estão sujos de folhas, o lixo se amontoa fora dos cestos e o dia permanece parado e intocável como virgem. O outro, aquele que tinha fugido, surge de repente, correndo e gritando algo. Não está só, homens uniformizados correm com ele. Os pombos são egoístas. As duas estátuas nos vigiam. Então, é isto.

chorinhos

Amanhã talvez pereça.
Hoje viva o esquecimento e morra o luto.

Buquê, Antonio Cicero

E todos nós admitíamos, em geral, que era possível ser feliz sem deixar de ser triste.

Alexis, *Marguerite Yourcenar*

A primeira vez

Warm it up

A primeira vez que o vi ele estava com um velho paletó cinza e comemorava aniversário. Eu já o vira outras vezes. Contudo, a primeira vez que REALMENTE o vi foi naquela noite. Noite de seu aniversário, noite especial porque seria a noite em que eu verdadeiramente o veria, pois das outras vezes, mesmo aquelas quando adquiria a dimensão de um jogador de basquete – e jogador de basquete sim é o exemplo quase perfeito para identificar-lhe o tamanho ao subir os tablados dos pequenos teatros salpicados na cidade para recitar para quase ninguém que queira escutar, mas todos sabem que estão ali justamente para ouvi-lo e, se possível, aplaudi-lo e dizer que sempre entenderam tudo e acharam *demais cara, principalmente aquele verso ou aquela hora* em que ele grita com raiva ou por pouco, muito pouco, o choro não lhe banha a face – e ele parece maior, muito maior, mas não tão grande quanto naquela hora parado no meio da sala bebendo e chorando porque ganhara um livro de presente de aniversário de uma menina que me falaram fora sua namorada e fumava e fumava soltando fumaça com medida graça e eu reparando nas suas longas costeletas e no desenho dos lábios se abrindo para soprar a fumaça. Lembro especialmente do paletó meio amarrotado e também folgado e do gosto do vinho barato e do quanto ele me lembrava Jack Kerouac, o velho *beatnik*, emocionado apenas porque ganhara um livro de presente de aniversário, lembro que tinha um espelho na sala e eu não olhava diretamente para ele, mas para o espelho, porque assim ninguém descobriria o que comigo se passava: que eu estava apaixonado e com medo que alguém pudesse desconfiar de meu amor que naquela hora não era todo consciente, era meio misturado à bebedeira. Sim, era a bebida que fazia isso com a gente, confundia o gosto e a noção de beleza, porque um homem não pode achar bonito outro homem, ainda mais se a beleza tiver uma aura de sensualidade, ora, ora, ele era realmente bonito e seu charme me embebedava no meio de tanta gente ali interessante feito poetas, atrizes, pintores e admiradores que não eram merda nenhuma mas também ali estavam bebendo e falando e falando e falando... Ele contudo não falava e seus olhos doces e alguma coisa tristes para alguns não eram tristes para mim, no entanto, pois eu compreendia a dor escondida pela qual ele provavelmente teria passado e eu achava que era a mesma dor minha, por isso sabia que não podia ser tristeza, mas um sentimento intenso e um tanto santo de se identificar com as cruezas do mundo e não ficar indiferente como todas as pessoas que conheço menos eu e ele que estava fazendo aniversário e eu o mirando pelo espelho até que alguém resolveu colocar música e fazer soar aquela voz arrastada da cantora de cabaré francês que nunca esquecerei, assim como não posso esquecer dele vindo em minha direção e pegando minha mão para que dançássemos enquanto todos explodiam em risos e eu tentava me desvencilhar, mas ele era firme e resoluto e eu não tive como deixar de sentir seu rosto colado ao meu e o quanto era quente aquele paletó oscilando em movimentos de rodopios lentos ao embalo da bela música e dos risos que me envergonhavam e me faziam querer morrer, o que não seria de modo algum ruim porque morrer nos braços dele era o que eu queria desde que tinha nascido, pelo menos foi o que pensei no instante em que a música acabava e ele beijava minha testa como ninguém jamais houvera beijado, agradecendo e sorrindo para então dividir-se em atenções aos demais convidados, deixando-me no meio da sala nesta hora já totalmente deslocado, porém feliz e querendo viver eternamente por ter com ele dançado, quem poderia de alguma maneira imaginar meu contentamento apesar de parecer desconcertado, deste modo quando alardearam o fim da bebida e sugeriram dar continuidade fora dali num bar daquela cidade que eu não conhecia direito porque era a primeira vez que lá tinha estado, eu aceitei e redobrei as esperanças de novamente me aproximar dele e então penetramos no dorso da noite e eu achei que vê-lo andar com o livro que havia ganho no bolso do paletó cinza em busca de um ponto para eles determinado, mas para mim completamente vago, era uma visão mágica acrescida pelo jogo de luzes e sombras dos escassos postes de eletricidade e vãos da estrada em que caminhávamos. Os poetas, as atrizes, os pintores e os admiradores o circundavam enquanto eu ia atrás admirando o cortejo fiel, até quando percebi que tinha bebido demais e o cadarço do meu sapato estava desamarrado e vacilei no passo e caí no asfalto, sem forças para me levantar enquanto eles seguiam na noite que só poderia ser esta e jamais outra, eu o perdendo enfim em seu paletó cinza.

Para Nelson Luiz Nascimento

Anjinho barroco

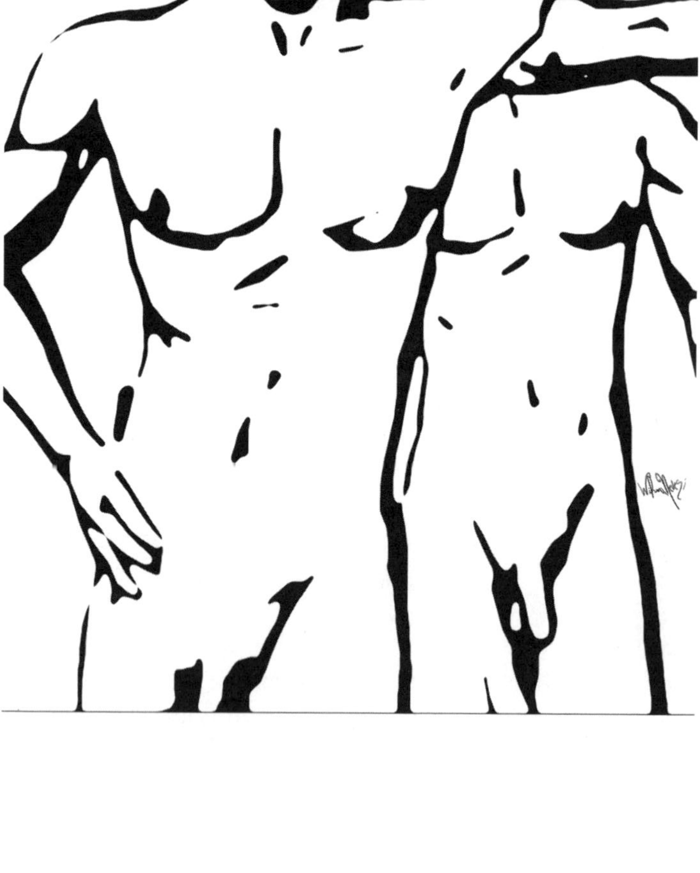

Ele respirava silêncio. Não queria entrar. Entrou. A nave acolhedora como o estômago de uma baleia. Tudo morto, repousando. O sol já morrera fazia tempo e seu corpo agora repousava nervoso sobre o banco escuro de madeira. Queria paz, a mente aquietar-se um pouco, quem sabe breves minutos. Viu a fresta que se abria entre as pesadas portas. Não queria entrar. Entrou. Feriu e depois acomodou a vista com o vazio e a luz que atravessava os vitrais.

Há pouco pedira para o carro parar na Baixa do Sapateiro, precisava pisar aquele caminho de pedras e machucar a sola dos pés com suas pontas, subir o Largo do Pelourinho, bater-se naquelas ruas em que o musgo comia os cantos dos muros. O carro se foi e ele teve vontade de chorar. Mas não chorou. Avançou com o coração em fúria sobre o vale histórico, cunhado de dor, fé e beleza. Na esquina, hesitou entre subir o Largo ou o Carmo. Onde haveria maior escuridão? No Carmo, sem dúvida. O homem, postado na outra esquina de uma das vielas, dissipava a dúvida. Negro, o sorriso examinava. Quem acreditaria vender cartões telefônicos às 22h? Ainda mais num mês como aquele, os turistas longe, os tambores mudos. Tomou o Largo e virou à esquerda do Velho Casarão Azulado. Da janela de uma parede de pedras grossas e lisas, viu a luz baça de uma roda de dominó, pretos-velhos retilíneos em bancos sem encosto, grossas armações de óculos, alguns chapéus e os rolos de fumaça de cigarro compondo um ambiente, uma confraria. Teve vontade de entrar no porão e lá permanecer para o resto da vida, mas temeu não ser aceito. No Terreiro de Jesus, no canto da praça, pés cruzados sobressaíam da janela de um táxi, a porta entreaberta. "Está livre?", perguntou. De súbito o homem se levantou e ligou o carro. "Pra onde, doutor?", redarguiu a voz engasgada de sono. "Não sei. Pra qualquer lugar. Rode por aí".

A cabeça pendeu sobre o estofado aveludado, as imagens entrecortaram a visão, veio a angústia. O horror e o amor parecem nos vir sempre como um acidente. Começos e fins. Por que aceitou o convite? O sexo escuso num estacionamento qualquer, rápido como as desilusões. Não queria lembrar, rodaria sem destino, não fosse a tontura. "Pare aqui mesmo!" Pagou. O táxi se foi e ele presumiu estar em algum lugar do Centro. Não importava. Perto, a igreja de contornos azuis afunilava suas torres para o céu. Dentro de sua cabeça, a mãe, a velha mãe, os dedos enrugados segurando um terço, rezando baixinho, rezando por ele, era reconfortador. A mãe alisando seus cabelos lisos e negros de menino. Então, a cabeça era invadida pelo som ofegante do homem com o corpo esticado, a calça arriada, o volante resvalando a cintura, enquanto se curvava sobre ele e um abafado de contentamento dizia *sim, não pare*. E chamava pela mãe mais uma vez, a velha haveria de salvá-lo com suas rezas. Ia sentar nos degraus quando notou a fresta escura na porta da igreja. Não queria entrar, mas enquanto estava fora a lembrança se fazia mais forte e com ela a vontade de libertar-se. Entrou.

Algumas velas no altar iluminavam o interior com imperfeição, as chamas vacilantes. Duas fileiras de bancos, cortadas no meio por um vão, formavam um monótono labirinto; a madeira reluzente dos encostos, o apoio para genuflexão e nenhuma sombra de vida: o púlpito também em descanso.

Que faria a mãe numa hora como aquela? Regozijar-se-ia, com certeza, a posse do divino todo para ela, nenhum carola, nenhuma beata. E mastigaria sua oração num ciciar mansinho e fervoroso, agradecendo a Deus o privilégio.

Ele se sentou em um dos bancos, quase no meio, e começou a admirar a beleza do lugar, o ouro reluzente das linhas, as pinturas emergindo das cúpulas das pequenas reentrâncias laterais, a história do Cristo revivida. E havia ainda os santos e as sinuosidades dos ademanes, a graciosidade das esculturas, as cores pouco a pouco reveladas, o amarelo, o azul, o vermelho! Em cada canto sagrado de parede a mão da beleza tinha abençoado com um anjo barroco, as faces rechonchudas sustentadas por asas e cachos de cabelos. Fixou-se num deles e logo recordou a cena de *Dona Flor e seus dois maridos* em que Vadinho observava a cara de um anjinho, safado como este, como se flertasse. Riu. Riu e corou. Corou e pensou se não era pecado fazer determinado julgamento. Outro filme tomou lugar: o flashback de há pouco: o estacionamento, o carro, o homem, o desejo, o sexo em sua boca, o homem, as calças arriadas, o carro, o sexo em sua boca, o homem, o desejo. Sem explicações, passou a ouvir as palavras que o papa João Paulo II escrevera no jornal outro dia. *Anomalia... Pecado... Um atentado contra a família e a moral.* Fechou os olhos com força, mas não impediu as lágrimas de sair. O peito tremia e a culpa de não conseguir evitar que mais uma vez aquilo acontecesse abalava seus músculos e ossos, tirando-lhe a força para manter a cabeça mais alta que os ombros. Seus lábios se abriram e ele sussurrou: "Deus, meu Deus, me perdoa".

Uma mão lhe acariciou as costas.

– Filho, o que faz aqui?

Não reagiu.

– Precisa de ajuda?

Sem responder, ele abraçou a cintura do homem que surgira do nada e chorou até que este o levantasse segurando pelos braços.

Permaneceram calados e sentados um ao lado do outro. Só então pôde reparar mais detalhadamente na aparência dele. Era um homem de baixa estatura, a pele branca mais tendendo para o dourado, rosto liso, pequenos olhos azuis, a cabeça calva de cabelos louros-escuros, levemente encaracolados, a boca pequena e carmesim. Trajava uma camisa branca da qual tufos de pêlos acinzentados saltavam de botões abertos ao peito, e calça jeans e tênis. Os braços eram grossos e prateados. Ao perceber-se observado, sorriu e estendeu a mão para enxugar o rosto molhado. Num dedo uma delicada aliança de ouro com uma cruz.

– Obrigado – falou comovido.

– Por que chorava? – perguntou o outro.

– Não sei dizer, acho que foi por causa da minha mãe, que morreu recentemente – mentiu.

– Gostaria de conversar?

Fez uma pausa.

– Eu... não sei.

– Talvez você se distraísse um pouco e esquecesse.

Esquecer. O mais importante era esquecer, nausear-se de presente e apagar os vestígios sujos que teimavam em voltar sempre. A voz do homem era tão acolhedora e confiante, tão serena e clara quanto eram seus olhos, uma porção de céu. Uma avassaladora ternura o dominou. E sorriu.

– Como você entrou aqui?

– Pela porta, estava aberta. E você?

– Do mesmo modo.

– Deseja conversar?

– Sim, eu acho, mas não aqui.

– Mas não há nenhum outro lugar em que possamos conversar fora daqui e que esteja aberto a esta hora. É quase meia-noite.

– Eu queria um café, um café quente e sem açúcar.

– Você está se sentindo melhor? – perguntou o homem calvo.

– Estou, só gostaria de tomar um café.

– Bem, eu moro aqui perto e poderia preparar um café para você.

– Tem certeza? Não tem medo de me levar para sua casa assim, sem mais nem menos, isto é, sem ao menos me conhecer?

– Aceita o café ou não?

Respirou fundo e com um movimento leve de cabeça assentiu.

O prédio era velho e decadente, grades cercavam a entrada e se podia ver, olhando para cima, os vidros impregnados de gordura, fuligem e todo tipo de sujeira expelida nos grandes centros urbanos, o cimento com pintura descascando, uma e outra infiltração pingando embaixo dos apartamentos, mostrando as entranhas do edifício.

O apartamento cheirava a rosas e contrastava com o fedor sentido no intervalo entre um lance de escada e outro.

– Fique à vontade, é um apartamento pequeno mas confortável.

Poucos móveis enfeitavam a sala, uma cristaleira de madeira rústica cheia de livros, uma banqueta para telefone, um aparador com esculturas de barro de Santo Antônio em tamanhos e feições variados, um sofá de dois lugares e um aparelho de som cercado de caixas de discos sobre o tapete. Na parede, pratos decorados e azulejos de cerâmica.

Antes de se dirigir à cozinha, pôs um cd para tocar.

– Puxa, você curte Nina Simone. Eu adoro a Nina.

– Um pouquinho – gritou da cozinha –, gosto mais da Gal, na verdade, mas faz tempo que ela não lança algo novo. Se quiser tirar a camisa, não faça hora, o calor está de matar. Ah, e o cafezinho tá saindo!

– Se importa que eu veja seus livros?, perguntou alto.

– Sem problemas – respondeu o outro.

Por meio do vidro lia as lombadas coloridas.

– Quantos livros de Teologia! Você é mesmo religioso ou só curte o assunto?

– Fui seminarista na juventude. Hoje, vamos dizer assim, me considero católico praticante – disse enquanto depositava xícaras, colheres, açúcar e adoçante em cima de uma das caixas de som.

– Legal.

Logo o doce aroma do café se espalhou no apartamento, as xícaras se encheram.

– Está muito ruim? – disparou sorrindo.

– Não, está ótimo, ótimo mesmo.

– Se incomoda que eu tire minha camisa?

– Não, claro que não – disse e acompanhou com os olhos o movimento de seu anfitrião, deixando a barriga saliente e rija aparecer, enquanto abria a camisa, os dois mamilos róseos e tênues colorindo o torso cabeludo, a pele branca como se fosse virgem de sol.

– E você, não vai tirar? Não é possível que esteja com vergonha de mim. O calor está tão forte, a roupa fica toda colada no corpo, um nojo.

– Está bem.

Ele tirou a sua e continuou a bebericar o café, tenso e mudo. Como o outro não falava nada, começou a pensar e a achar uma loucura estar no apartamento de um estranho em plena madrugada e tomando café. Um monte de coisas ruins passaram pela sua cabeça, mas se desanuviaram com a confiança e tranqüilidade que o homem transmitia ao olhar para ele.

Estavam sentados um de frente para o outro e mesmo sem querer ele podia perceber o volume crescendo na calça jeans do estranho que o acolhia. Excitou-se também.

– Sua mãe morreu há muito tempo?

– Mais ou menos, eu só falei dela porque não queria, bem, não tava a fim de explicar muita coisa, entende?

– Acho que sim.

– A vida é muito confusa, a gente fica meio perdido entre o que sente e o que dizem que a gente deve sentir.

– Compreendo.

– Tem horas que acredito estar maluco, outras que estou completamente certo, que é normal ser assim, do jeito que sou...

– E como você é? – disse encarando-o, como se estivesse realmente curioso.

Ele devolveu a xícara ao pires sobre a caixa e beijou o homem calvo, que não reagiu inicialmente. Foi um beijo leve, apenas sentindo a textura dos lábios do outro. Então se inclinou sobre ele e o beijou de verdade, o gosto de café se misturando e arranhando o prazer, as mãos buscando as costas e o desenho ígneo do pescoço. Beijavam-se ainda quando o homem calvo o afastou e pediu para parar.

– O que foi, algum problema? – perguntou assustado.

– Vamos para o quarto – respondeu e pegou sua mão, já o puxando pelo corredor enquanto se libertavam dos sapatos. O quarto, exíguo, comportava unicamente uma cama, um guarda-roupa e um criado-mudo, onde uma bíblia marcada por um cordão vermelho permanecia aberta. Cortinas protegiam amplos janelões e filtravam a luz da cidade sem, no entanto, vedá-la de todo. Tiraram as calças e ficaram só de cuecas.

O homem baixo e robusto com uma samba-canção e ele de slip, os paus duros esticando o tecido. Em pé, voltaram a se abraçar. Ele se admirando daquele corpo, os braços prateados e grossos o envolvendo, procurando. Com um único movimento o homem calvo lançou a cueca ao chão. Ele se afastou para contemplá-lo inteiramente, as pernas curtas mas proporcionais, os pêlos sedosos e loiros margeando um pau menor que o seu, porém nem tão pequeno, mais grosso e rosado todavia, a curva da barriga, o umbigo, os pêlos em profusão, a bunda lisa e amarela, dois nacos de carne rija, as costas também peludas e rosadas. Beijou-lhe o pescoço e a orelha, mordeu seus cabelos, trouxe-o para si, a cueca não mais lhe contendo a ereção. O homem sorria sem fazer barulho e se permitia beijar, os olhos fechados.

Poderiam ficar assim, contudo o homem se virou sem avisar e caiu pesadamente com ele na cama. Era o outro, o anfitrião, quem agora dominava, tentando forçar para se alojar entre suas pernas. Ele não cedeu. O outro lambeu o meio de suas costas. Seus pêlos se eriçaram nos braços, soltou um gemido débil. Depois disso o homem calvo recolheu seu próprio corpo e deitou de costas, como quem descansasse. Ele, por sua vez, procurou uma camisinha na carteira que estava no bolso da calça e, de joelhos, preparou-se. Umedeceu o homem com saliva e foi enfiando devagar até estabelecer um ritmo próprio, uma cumplicidade de movimentos e sensações que os levaria ao gozo juntos. Esse instante teria de ser apreciado em sua plenitude, por isso, antes de se beijarem, separaram-se novamente para que, ele de joelhos e o homem deitado, colassem seus paus e barrigas e recebessem os jatos de líquido branco e quente sobre a barriga, o peito e o queixo.

Tudo acabado, os corpos desfalecidos, acharam-se belos e a beleza se extravasou nos olhares e nas mãos, unidas no lençol, os pintos murchos e saciados. O do homem, reduzido quase que unicamente à cabeça, acolhido por um bonito e grande saco rosado. O dele, caído sobre o púbis no emaranhado de pêlos crespos, o saco mais escuro, separando as bolas.

A música havia parado e parece que o homem apercebera-se, pois se levantou e sentou na beirada da cama, os joelhos juntos, as costas curvadas.

– O que foi? – ele perguntou.

O outro nada respondeu, começava um murmurar baixo que lentamente foi ganhando altura e a sua voz se elevou em felicidade e júbilo, quase cantando, falando línguas estranhas e agradecendo a Deus aquele momento numa prece exaltada, que ele ainda era de carne e que Deus bem compreendia isso, sendo ele o Pai Fraterno, o Pai Misericordioso, o Pai do Amor Universal.

Enquanto o outro orava ele se sentia espetacularmente leve, exemplarmente puro e da mesma matéria dos anjos. Reclinou a cabeça no travesseiro, fixou o outro em prece e admirou sua nudez celestial. Quando o homem enfim abandonou o transe, ele dormia profundamente.

Para Paulo de Tarso

Praça da Liberdade

Por algum motivo obscuro eu nomeei aquela praça, com seu monumento de bronze e jardins verdes, de Praça da Liberdade. Não era. Eu sabia. Era talvez Praça Marechal Rondon ou general-qualquer-coisa. Uma homenagem dessas. Estúpida. Eu a atravessava sempre quando ia almoçar. Às vezes com pressa. E meu passo era brusco, rápido, longo, forte e quase pesado como uma marcha. Eu passava pelas barracas e suas músicas maliciosas como um alienígena. Às vezes na calma de não desejar voltar. Eu a atravessava entre cadeiras amarelas e mesas vermelhas desmontáveis, espiado por milhares de olhos curiosos. Olhos bêbedos e sinuosos. Em certa medida, desesperados. A praça era assim, afluía sobre ela um grande trânsito de pessoas, que se chocavam com aqueles quase permanentes. Não falo dos mendigos nem dos ambulantes nem das crianças perdidas. Esses compunham um cenário diferente. Disfarçavam-se de objetos, coisas, confundiam-se com os bancos e gradis baixos, com os postes de iluminação apagados, os orelhões, as latas de lixo. Não se reparava neles, a menos que, por um acaso mais que fortuito, você esbarrasse distraído os ombros em algum, ou então batesse de frente mesmo e na hora da pergunta deveras inconveniente de ajuda ou pedido qualquer: Comida, remédio, vale-transporte, cachaça, reza, roupa, choro ou canto.

Eu atravessava a praça batizada por mim de Praça da Liberdade. No canto extremo, o monumento de bronze. Se eu fosse Charles Bukowski – e jamais seria exatamente como ele, um ressentido, invejoso dos beats, prisioneiro de seu complexo de Don Juan das putas, machista, sim, machista, apesar de frágil e doce. Se eu fosse o Buk, eu mijaria meu líquido quente e amarelo no monumento. Vocês não imaginam o quanto o monumento é horrível. Eu mijaria e gargalharia bem alto e satisfeito. Só, meus caros, que não sou Bukowski nem Wally Salomão ou tropicalista maluco nenhum. Passo pelo monumento todos os dias e mascaro uma indiferença servil ao vislumbrá-lo, brilhando ao sol, ofuscando nossa vista com sua autoridade de monumento de praça. E eu desejo que milhares de pombos caguem nele. O cocô branco manchando o bronze e me vingando cotidianamente, a repulsa vivaz pela regra que faz de todos nós cocôs como o cocô do pombo. Inúteis como ele. Ou menos, penso agora, pois não conseguimos nem sequer arranhar os monumentos – sejam eles vigiados como os dos filhos dos augustos senadores da Roma Antiga ou ainda as imagens de Antínoo, o amante de Adriano.

Eu? Quem sou eu? Quisera ser realmente forte. Sou *uma metralhadora cheia de mágoas, eu sou mais um cara*. Não agüento um espirro, essa é a verdade. Magrinho, magrinho. A pele amarela de quem não gosta de pegar sol e teme um câncer desses que vemos na televisão. Não. Eu não sou de combates físicos, de agressões, esforços. Imaginem meus braços franzinos envolvidos em chaves de pitbulls, de rastáfaris seguidores do poder, do velho poder. Não. Não posso. Deus não quer. Passo pelo monumento e finjo indiferença sim. E quer saber, mas saber mesmo? Na minha cidade natal nem praças tinha. No máximo, canteiros. Canteiros de lindas flores. Vermelhas, rosas, amarelas, azuis, roxas e até as cores mais raras que você possa ter imaginado. Os maledicentes diziam que o governador ornamentou a cidade com canteiros para amenizar a dor de não saber o lugar aonde a senhora sua mãe fora enterrada. Como são terríveis essas pessoas! Espalham o veneno de suas palavras como ervas daninhas. A Praça da Liberdade também ostenta jardins e flores e árvores. Mas não são tão belas quanto as da minha cidade. Juro que não estou idealizando meu passado. É só que é assim mesmo. Bonitas as daqui, mas nem tanto.

Eu passava distraído, divagando essas tolices. Não esperava que nada pudesse acontecer comigo, tantas vezes feito o caminho. Todavia, aconteceu. Eu ia olhando atento a tudo, menos ao rapaz branco como eu, do tipo capitão-de-areia, sabem como é? O rapaz veio rápido e me jogou ao chão. Aturdido, não elucidei o propósito. Caí e fiquei sentado, buscando razão para a selvageria. Acho que o rapaz, talvez um adolescente, talvez um homem jovem, possuía cabelos loiros. Quando o sol me cegou com seu azul-cristal, eu enxerguei ouro sobre o forte pescoço. Mas junto a essa imensa riqueza pairava um ódio ou um desconhecimento total dele por mim. Sua expressão se mesclava entre a dor completa e o nojo crescente. E de repente ele sumiu.

Penso que foi a senhora negra do toldo branco e tacho de acarajé quem gritou primeiro: Ladrão! Pe-ga-la-drão! A voz velha e aguda, machucando meus ouvidos. Daí, queridos, perdeu-se o controle total. Sentado estava, sentado fiquei. Tentava contar quantos corriam, cercavam, gritavam. Oito, nove, quinze, vinte e dois... A praça virou uma balbúrdia.

Pus a mão no bolso e verifiquei. A carteira sumira. O jovem loiro passara a mão na minha bunda e eu nem chegara a sentir. Que engraçado!

Agora o homem gordinho e baixinho e negro e de chapéu-africano-de-candomblé, que ficava horas sentado ao lado da senhora negra dos acarajés sem fazer absolutamente nada, segurava o pobre rapaz pelo braço. Uma roda se fechou ao redor deles. Creio que foi a única vez, se me recordo bem, que a música parou, abafada pelos urros e sussurros, a única vez em que as paradas de ônibus se esvaziaram, o povo fechando uma cortina em volta do lugar.

Levantaram-me. Até aquele momento eu passara desapercebido, porém o homem do caldo de cana apontou para mim e explicou para um grupo de pessoas o que presenciara. E vieram e me pegaram, um em cada braço, auxiliandome. Começava a ficar bom.

Então alguém falou a palavra maldita: polícia. Estremeci. Sou homem de bem, honesto. E quem tem o seu, sente medo. Ah, a autoridade! Os defensores da lei...

De longe o suficiente para resguardar-me, vi quando os violentos e grandes negros vestidos de uniformes cáqui abriram o cerco e colocaram as mãos e as algemas no alquebrado e diminuto assaltante. Um inseto. Eram três os guardas. Dois deles chutavam e torciam o corpo já sem defesas. Era um espetáculo aquilo? A cortina permanecia cerrada. Braços musculosos suspendiam e desciam cacetetes mais negros ainda. O maior deles assistia, imobilizado. Estremeci. O que seria do menino se mais aquele brutamontes participasse do espancamento?

Mas o homem negro e grande tirou sua boina da cabeça e estendeu o braço entre seus dois colegas e o rapaz. Cessou-se a carnificina. Bastou que ele lhes desse um sinal, para levarem o ladrão para o carro, encostado atrás das barracas. Rapidamente o tumulto se dispersou e se reorganizou segundo a ordem natural do dia.

Com a ameaça de ser humilhado pelo uso da força, fui obrigado a retroceder para o meio da praça. Teria de atravessá-la novamente. Antes, porém, sentei-me num banco e deixei o vento bater. Enquanto me refrescava, inspecionei minha roupa. Não estava suja. Um homem como eu não chega sujo ao trabalho.

Refeito, ocorreu-me reaver a carteira. Mas nela não havia nada que justificasse tanto trabalho, somente alguns poucos trocados para o táxi, o cartão de um cliente. Meus documentos costumo deixar na pasta, guardada no escritório. Sei que é um atrevimento sair para almoçar assim, mas lhes pergunto: o que seria da vida sem os desvios no caminho?

Mal comecei a andar e logo um outro susto. Os mesmos três policiais vinham caminhando da outra extremidade da praça em minha direção. As botas marrom de couro avançavam num galope lento e estudado, esquadrinhavam flancos, cresciam. Sem barulho. Atacavam silenciosas. Eram gigantes e eu um Davi no corredor imprevisível da praça. E sem pedra e sem funda. Queria desaparecer. Virar as costas e correr. Contudo, sou orgulhoso, admito, afinal tenho alguma distinção.

Por dentro, o pânico. Por fora, era inatingível. Um Davi. Sem funda. As botas crescendo em seu couro sem lustre. Meus olhos duros e inflexíveis. Caminhava com determinação, possivelmente mais rápido que o meu normal. Não virava o rosto para o lado, mas na minha mente uma platéia se formava e acompanhava o grande desafio. Estavam mais próximos. O maior no meio. Uma montanha negra. A mais negra, reluzente. Vinham devagar, tirando o prazer de todos os circundantes com o peso da suas fardas, a postura, o movimento. Encarei justamente o mais forte deles, o líder, imaginei. Transpirava e seguia o meu destino sob a proteção das árvores e dos postes de luz desligados, uma aléia convergindo para o encontro fatal.

Só então reparei. O *Montanha* usava óculos. As lentes transparentes e sem aros, presas unicamente por finas hastes douradas. Eram óculos de um intelectual. E se encaixavam bem no rosto duro de queixo partido, o bigode fino e baiano, olhos verdíssimos. Os outros não, rostos lisos e livres de adereços, sem expressões, talvez uma sombra de morte nas pupilas sem vida, lábios inferiores caídos.

O suor me empapava o tecido da camisa, iluminava minha testa.

Eles andavam e os cacetetes, presos na cintura, balançavam. Uniforme. Uniformes. Revelavam-se os volumes por baixo, as pernas grossas, a curva da barriga dura, os músculos, o peito. E o revólver se escondia no coldre sempre desabotoado. Revólveres e cacetetes bailavam independentes. Era de se amedrontar. Uma gota de suor frio percorreu-me as costas. Estávamos quase lado a lado. Eu e o poder.

Meus olhos tentavam furar o *Montanha*. O policial da direita, mais para um mulato de meia-idade, barriga indisfarçável, braços cruzados para trás, me notou. Frio. Meu passo se embaralhou, grogue e sem ar. Nenhum dos dois policiais, seus companheiros, pareceram perceber minha presença. E mesmo o que me notou numa fração de segundos ocupou-se com as pernas de uma colegial, conversando com o namorado. O resultado do embate fez-se nulo, tal minha insignificância para os brutos. A platéia exigiria seu dinheiro de volta, caso tivessem maiores expectativas para um final.

Ainda não estava totalmente livre de perigo quando refleti que o *Montanha* havia me surpreendido com sua beleza rude e masculinidade. Não fosse ele um policial... Os óculos lhe emprestavam um acento suave que, não sei bem dizer, encantava! E eu estava excitado com tudo isso. Digo, sexualmente excitado. De pau duro, se é que me entendem. A brincadeira tinha se saído deliciosa. Faltava apenas um detalhe: eu queria saber como era a bunda do *Montanha*.

Sorri para mim mesmo, respirei fundo e lancei o olhar para trás.

Os três andavam sem alterar o ritmo, deslocando-se e cuidando de ocupar os espaços à distância. A bunda do gigante era mesmo admirável. Valeu a pena arriscar-me por tanto. Era durinha e redonda como os desenhos do Tom da Finlândia. A satisfação já seria muita se Deus não tivesse sido ainda mais bondoso comigo. Eu, um anjo, embevecido curtia as formas graciosas e exemplares do policial. Saboreava a visão. E ficaria atônito, pois, o *Montanha*, sem que seus camaradas o acompanhassem, olhou para trás e me flagrou apreciando-lhe o corpo. Depois disso, sorriu. Definitivamente, aquela era a Praça da Liberdade.

Para Marcus Vinícius Rodrigues

Uma vez no céu escuro e brilhante ou meu encontro com o caçador de andróides ultrapassados

No meu sonho o filme não tinha nenhum minuto a mais, nem verde, nem voz em *off.* O fim era o exato *the end* a que todos nós estávamos acostumados. E eu não entrava na onda de discutir se era filme de autor ou não. Se era Ridley ou não. O que me importava? Eu brincava com meu neto, ali num asteróide perto de casa, o menino montando legos, aqueles negócios de encaixar, lembram? Ora ele inventava uma casa, ora um robô bisonho, ora um nada qualquer que o fazia rir muito e espalhar poeira nas outras crianças, que brincavam também; crianças donas de outras sofisticações, uns troços estranhos que acendiam e apagavam e soltavam raios mortais e tornavam seres humanos e moscas em homens-moscas. Crianças danadas. Meu neto não, ainda não tinha idade. Contentava-se em tentar colocar cubos em orifícios, pirâmides em quadriláteros. De que adiantava os pais terem programado a cor, o peso, os olhos, se os cabelos seriam encaracolados ou não, se pouco se importavam com o cérebro? Taí o resultado. Um neto lindo! Fiquei espiando uma mãe perto de mim. Ela fazia uma força danada para abrir o traje espacial do filho. O moleque quase se mijando e ela despregando velcros e desabotoando os botões das pernas. Por certo o tecido era daqueles baratinhos, dos que não absorvem excrementos nem urina. Tem gente miserável. Deu-me uma vontade louca de rir, de rir alto; comecei a gargalhar e meu neto entrou nessa também, fazendo com que a mãe ficasse furiosa e quase rasgasse a perna do menino com o traje espacial e tudo. Aí eu ri mais, pois a mão dela se molhou inteirinha de xixi. E estava neste enlevo, quando chegou uma daquelas espaçonaves bem grandes, os faróis gigantescos rodando e fazendo barulho que nem no *Contatos Imediatos do Terceiro Grau*. De longe, via meu planeta azulzinho no seu rodar vagaroso, a lua orbitando. Nós tínhamos chegado àquele asteróide-parquinho, preparado especialmente para as crianças e seus avôs e mães e empregadas, por meio de um ônibus espacial. Eu não precisava mais de passe. Era só colocar a mão no identificador digital que a porta do ônibus se abria. Então, se vocês captaram o sentido da idéia, deu pra sacar que era esquisito uma nave grandona como aquela, estacionando e atraindo a atenção de todos. Seria um pai zeloso e cheio da grana? Não parecia, pois saiu dela um coroa de barba grisalha e olhos caramelados. Forte, o sujeito. Os braços estavam nus e prateados por causa dos pêlos. Ele vestia uma camisa de flanela quadriculada e sem mangas, aberta no peito e exibindo mais uma vez a prova de sua virilidade, o corpo todo brilhando, a barriga peluda e argêntea, o peito proeminente. Eu confesso: desejava parar a descrição por aqui. Tenho medo que meu neto receba um e-mail anônimo e leia tudo isso que estou escrevendo. Também não imagino o que meus filhos poderiam pensar. E há tantos grampos em computadores! O Spiff , meu filho, era para ser famoso como estudioso de fotopleumonimnoses e zappiezumpies intergaláticos; contudo, o idiota preferiu virar um cosmonautazinho, colhedor de amostras de solo. Fazer o quê? A Andressa, sim, doida de pedra, deu o golpe no dono da maior corporação de comprimidos nutritivos do sistema solar, isto é, envolveu o trouxa com um papo lenga-lenga e armou o bote do casamento. O benefício maior dessa união é, depois da minha viuvez, poder curtir meu neto. Lindo e bobão, mas meu neto. Na época de hoje, futuro de um presente, e futuro, reflitam vocês leitores, é quase um passado um pouquinho diferente. Quero dizer: nada de Júlio Verne e Azimovs. A coisa tá mais para Ray Bradbury e Aldous Huxley, compreendem? E se podemos falar de coisas boas, saibam que acabou-se o papo de politicada cangalheira e país e estados e nações e fronteiras, tudo virou domínio das empresas transplanetárias. Estamos liberérrimos. Sexo, contudo, não rola mais. Adaptaram aquele comprimidinho das baladas de música eletrônica, o ecstasy, e venderam o prazer com receita controlada. Marjorie, minha esposa, quando era viva, teimava em transar só para ser do contra. Ela era intelectual. É, era, sim. Eu me apaixonei por causa disso. Se não me engano, era ainda dois mil e alguma coisa, mal tinha começado o papo de clonagem, ovelha Dolly e astronauta brasileiro, rá, rá, rá, rá. Quando a encontrei, ela lecionava na Universidade da Bahia e usava uma mecha de cabelo branco que nem a Susan Sontag. Eu era um professorzinho de merda com dois livros publicados. Vivemos juntos cento e quinze anos de dedicação e pequenos dissabores. Porra, só agora tô percebendo, ninguém deve ter idéia dessa minha viagem toda e quem são esses nomes tão distantes, tão distantes... Rá, rá, rá, rá. A felicidade esquecida na poeira do espaço... Ai, ai. Pelo menos não dói. Tomo meus antidepressivos de última geração e tá resolvido. Faz três anos que a Marjorie morreu. E eu nunca mais fodi ninguém, sequer beijei. Epa, agora reparei: a tal nave-tipo-Contatos-Imediatos é, na verdade, um veículo comercial. Depois que as luzes pararam de girar e piscar deu pra ler o letreiro, escrito num inglês de tinta spray: John's Ferro Velho. O coroa compra e recicla andróides ultrapassados. Deve ter um monte de tranqueira dentro da espaçonave. Uma vez que a tão esperada revolta dos robôs jamais aconteceu – tampouco a dos macacos –, esses continuaram sendo bucha de canhão, pau-pra-toda-obra, um delírio humano de querer ser Deus. Os andróides nunca desenvolveram um pensamento autônomo ou sentimentos. Nossa maior invenção continua sendo o computador. Eu brincava com meu neto e via com o rabo dos olhos o coroa. Vou falar o que eu tava receoso de dizer. Após pensar bem, vejo que era um medo bobo, uma besteira diante de tanta bobagem junta. É capaz, acaso meus filhos e neto se deparem com este texto, que jamais passem das primeiras linhas, tão acostumados a mensagens animadas estão. O homem estava vestido de calça jeans. O quê? Isso não é nada? Não é nada para vocês! Para mim, meus caros, é tudo. Ele vestia uma US TOP, entendem? É coisa do meu tempo. Eu tive uma calça dessas lá pelo ano de 2006. E me achava incrivelmente sexy. A Marjorie também achava. Uma vez transei com ela em plena sala de aula. Os alunos tinham saído. Eu baixei a calcinha dela por baixo da saia, abri uns botões da calça, pus o pau pra fora e fodemos na mesa do professor. Foi uma delícia, rá, rá, rá, rá. Que boceta molhadinha a Marjorie tinha!... Olho pro meu neto com cara de bebê-bobão e penso se alguma vez ele sentirá algo parecido. Provavelmente não. Viverá com seus ecstasies e trabalhará em algum serviço sujo que aproveite sua falta de inteligência. Ao menos para brincar ele serve, rá, rá, rá, rá. Enquanto eu divagava, o moleque conseguiu encaixar duas peças completamente inconciliáveis. Vou apelidá-lo de Brutus. Ou Tyson? Ah, tanto faz!... A nave tava parada bem próximo de nós. O coroa tirou a camisa. Pude ver as costas largas e fortes e com cabelos encaracolados nas espáduas e nos ombros. Ele se deitou numa espécie de carrinho e, munido de uma chave de fenda, escorregou para baixo. Ficou com as pernas de fora, arqueadas e abertas. Eu não queria olhar tanto, acreditem, jamais transei homem, nem senti tesão por atletas e atores de cinema ou ícones de mulheres e gays. Só que estava olhando nesse momento e houve um movimento de corpo no qual a barriga enrijeceu e a bunda escorregou mais para cima do carrinho que a calça se ajustou perfeitamente à virilha e eu vi que o coroa não usava roupa nenhuma por baixo e tinha um cacete grande e grosso e, sem dúvida alguma, bonito como o cacete de qualquer homem deveria ser. Eu fiquei de pau duro na hora. E não era comum eu ficar de pau duro depois que a Marjorie me deixou. Imaginem o meu sentimento. Morri de vergonha de mim mesmo, afinal ninguém mais transava no planeta Terra e em todo o seu domínio intergalático, estendido neste céu terrivelmente escuro e profundo como eu nunca

jamais sonhei. Disfarcei o constrangimento do Brutus. Ou Tyson, como preferirem. E me pus a brincar. Algumas mães já começavam a arrumar as bagagens, certas de que o ônibus espacial não demoraria para nos apanhar de volta. Passaram-se uns vinte e tantos minutos sem que eu me virasse para olhar em direção a John e sua nave-ferro-velho. Quando o fiz, assim como quem nada quer, ele estava encostado junto à porta e novamente vestido da camisa flanela colorida de vermelho e preto e cinza, ainda aberta e enfiada para dentro da calça jeans, presa por um belo cinto de couro preto, as pernas cruzadas e um braço repousando na barriga, ao passo que o outro levava um cigarro à boca. Estava muito atraente, encostado daquele jeito, e eu tive a vívida impressão que ele me olhava também e sorria um sorriso maroto com seus olhos caramelados e a barba prateada feito uma estrela brilhante naquela face de homem. Era uma sensação nova para mim. Eu desejava me esconder de mim mesmo e ignorar minha excitação por completo, por isso fiz cara de bravo e comecei a conversar com uma mãe qualquer ao meu lado, falando coisas disparatadas como comentários sobre as guerras venusianas e a nova estação lunar que estavam para inaugurar. O ônibus espacial aterrissou e tocou o sinal para que nos preparássemos para o embarque, recolhendo as crianças e nossos pertences. Dirigi meus olhos para o lugar da nave. Todavia, ele tinham partido antes de nós. Peguei meu neto no colo e fui até lá. Quando me aproximei, vi um pequeno objeto de papel, jogado no chão. Era um origami. O sacana do John havia deixado para mim um cacetinho com o seu e-mail.

Para Chico Lopes

Queen Sally II

Carrega o peso da dor
como se portasse medalhas
uma coroa de um milhão de dólares
ou coisas que os valha.

Alvorada em Alfa, *Paulo Leminski*

Uma grande sombra caiu sobre Salvador, e não precisávamos mais de óculos escuros. Era o transatlântico Queen Sally II. Seriam algumas horas de gato e rato. As meninas assanhadas. Fiz bico. Branquelos não eram a minha. Suelen pôs o vestido mais provocante, o das sextas-feiras, demorou se maquiando, suspirou inúmeras vezes. Depois, pediu a opinião de todas. Linda, dissemos em coro, ressoando no muquifo. Ela balançou os cabelos loiros, enfiou as unhas até a raiz e penteou a juba com os dedos.

– Se adiante, viu, nega! Os homê vão descer rapidinho e a senhora vai ficar pra trás! – avisou Keith, com uma flor amarela na orelha e calça jeans rasgada.

– A ver navios! – emendou Gleice.

E todas rimos.

Keith, a matriarca, a que mantinha a ordem na casa e nos defendia dos cafetões, sempre ao redor, querendo ganhar algum fácil.

Lembro quando cheguei, uma mão na frente, outra atrás. As meninas muito diferentes umas das outras, cada uma de um lugar, estado diferente. Keith reuniu todas na Dois de Julho, bem perto do Porto e da *Lama*. E não permitia avião em casa não.

– Hoje quero ganhar muito *money*, beber e fumar nas costas dos gringo.

– E eu. Suelen, quero um *ragazzo* beeeeeeeeeeeem grande! O dindim é conseqüência – riu Jussi.

– Se comprar passagem pra Europa, não precisa nem amar. Itália, Portugal ou Espanha.

– Sem amor é melhor, né, fofa! Cansa menos, dói menos. Fazendo gostoso, sem pressa, xingando baixo no ouvido, dou até telefone...

E riram.

Eu não ri. Sentia tédio. Os mesmos sonhos, a mesma ilusão. Sou negona orgulhosa, admito, gosto de preto de mesmo naipe. Preto no preto. Caô bem colado, satisfação garantida, bom rebolado. Branco, para mim, só se não tiver jeito, pindura total. Mas, no fundo, confesso, sinto nojo, preconceito.

Lembro do último. O cara com o pau levantado e tudo. Dizia que era escritor em Minas. Antes do bem-bom, começou a chorar, chamar pela mulher. Eu dei uma tapona na cara dele. Ele caiu com o barrigão grande e branco e molenga. Mas o pau mais duro ainda, apesar de pequeno. Aproveitei e fui me encaixando, seus olhos azuis cheios de água. Meti outro tabefe estalado. O homem me abraçou e pediu perdão, enquanto chupava meus peitos. Chamei ele de filho da puta e fui dispensando, exigindo meu dinheiro antes dele gozar.

– Jussiara, sua maluca! Pára de rodar feito barata e traz um café pra mim – ordenou Keith.

Suelen chegou pronta, a bermuda apertando as carnes, as malacas dos peitos disparando. Keith, eternamente discreta, vestida de longo preto, sem mangas, o tecido desenhando as formas do corpo. Eu desconfiava que ela tinha uns cem anos de idade, mas quem a via assim, arrumada, creditava uns quarentinha, mole.

– Então, vamos.

Fim das brincadeiras.

Dia comum, botássemos o salto fora e era cada uma por si. Mas, com o Queen Sally II encostado, éramos obrigadas a rachar táxis, investir na segurança.

Saltamos na praça. Alguns estudantes fodidos assobiaram. Passamos batidas.

A esta hora, a embarcação tinha começado a descer. Tentavam se orientar entre o Terminal da França e o Mercado Modelo. A penumbra se insinuava. O mar escurecia, desvanecia limite entre céu e horizonte.

Trotoir.

Dois marinheiros, à paisana, de bermudinhas, ofereceram cigarros a Suelen. Ela chamou Jussi. Fumaram. Mas elas não queriam nada com marinheiros. O negócio era os gringos. Seguiram. Mais à frente, três italianos. Elas fingiram desinteresse. Eles insistiram. As duas pararam. Formou-se uma rodinha. Em breve subiriam o Elevador Lacerda para o Pelourinho.

O ritual se repetiria com as demais, alternando-se entre possíveis holandeses, suíços e talvez, alemães. Eu acompanhava, cada vez mais cansada, girando distante, tonta. Ia duma ponta a outra do longo terminal. O tédio margeando o Porto, a promessa de grana, a vertigem.

Um polícia montada passou. Bonito. Logo, outros dois, a menos de dez metros. Todos negros, um mais bonito que o outro. Feições duras, bom porte. Os cavalos, puro-sangue. O último me cumprimentou com a cabeça, respeitosamente.

O que eu estava fazendo ali, pelamordedeus? Não queria desrespeitar as meninas, mas não acreditava em sapos que viravam príncipes, promessas de fama e dinheiro no exterior. Os caras só queriam nos comer e ponto.

Podia dizer que tinha estudo, ao menos o segundo grau. E era gostosa como a porra. Não teria outra saída? Beber um uísque num botequim qualquer da Ribeira? Subir pra Pedra Furada e beber feito molambo diante do esplendor da natureza? Atirar-me ao mar no Porto da Barra? Caminhar descalça na Boa Viagem? Cagar pra tudo e pra todos?

Por que o enredo tinha de ser aquele mesmo dos filmezinhos baratos? Ah!... Quero respirar um desejo qualquer, um tango, um poema, a loucura!

Todavia, preparo o corpo para mais uma morte. E gozo.

Caminho. Passo a passo. Um pé jogado à frente do outro. A visão do belo sapato vermelho, alcinha lateral, perna grossa sem meia. Um ônibus em alta velocidade. O cobrador com a cara fora da janela sorri. Será que todas se armaram de verdade?

A silhueta do gigantesco navio se projeta acima dos meus olhos.

O que fiz, além de me esconder? Agora, o medo; antes, pavor. Muita porrada. Não exatamente comigo, mas em mim. A mãe apanhava, os irmãos apanhavam, o pai apanhava, a vizinhança apanhava. Porrada a três por quatro. Resolvi bater. Depois de um tempo, quando a água sufoca, a gente tem de sair, ainda que desesperadamente, jogando braços e pernas sem ver direito aonde vai, aonde vamos.

Preciso comer água.

O calor rasga a gente.

Tiro a grana da bolsa e aproveito para molhar os lábios de sangue, retocar batom.

Uma bicha amiga desentoca do escuro do boteco. É bicha-bofe, aliançada. Por trás dos óculos, da pose, a pergunta, que faço aqui, eu, uma negona retada, de parar o Olodum. Ela senta com um moleque na mesa. Faz que não viu, dissimula. Eu peço ao garçom mais uma, só para provocar, a mão no queixo, a boca cortada de veneno.

– Desaqüenda – falo com os meus botões.

Viro pra fora e dou de cara com um negão lindo, camisa azul estampada de coqueiros, bermuda branca, pernas grossas, braços maçudos e um sorriso alvo de pureza mais cristalina. Se fosse inexperiente, tremeria as pernas. Em vez disso, bebo o conhaque num só gole, porém com elegância, ignorando o líquido, o calor, o homem.

Ele se aproxima. Reparo no cabelo curto, enroladinho, no pescoço taurino, bochechas brilhantes, bigode farto.

– *May I*? – puxa a cadeira.

– Nou ínglesss...

O marfim dos dentes se mostra. A mão aponta inquisitiva pra cadeira.

– Sim, claro. Sente-se, por favor – respondo estabanadamente.

Silêncio.

Quando percebo, estou com a cara enfiada na toalha da mesa. Que é isso mulher, se assuma, reaja! Tiro um maço de cigarros da bolsa. Posso imaginar a bicha na mesa do corredor, provavelmente louca de curiosidade.

– *What is... Oh, sorry*! – bate com a mão na testa e sorri outro sorriso lindo – *Your name*?... No-me?

Jogo os cabelos para trás, levanto os braços em arco, inclino o corpo no dorso da cadeira, os peitos se levantam firmes, roçam o tecido, dizem-me bela, vaidosa.

– Nou neime.

Ele pega o maço sobre a mesa, tira um e acende. Ousado, o nêgo. Antes que ele o leve à boca, seguro seu punho, tomo de volta, puxo a fumaça e solto no ar. Ele me agarra e beija. Acho que vou morrer.

Daí em diante fomos para o Cravinho, misturamos, misturamo-nos. Sem falar uma palavra, bebíamos e ríamos como dois cafajestes, dois loucos, dois demônios.

As paredes do bar, madeira escurecida, luz baça, vermelha, um outro século, outra idade. O doce da bebida travando

minha língua, adoçando o amor, dançando um samba, resvalando ancas prestimosas, gingados sensuais e suores.

E a solidão deixou de doer, deixou de lembrar, as cobranças por baixo da porta, do tapete.

Bebíamos cerveja e cravinho. Frio e quente, pura pirraça.

O céu desvelava-se para nós, noite radiante, cometas, pó-de-estrela.

Eu queria me entregar, esquecer.

O quarto do hotel era discreto, amplo, iluminado pelo vento. Entramos de mãos dadas, desejos enlaçados. No embaraço das horas, esgotamos a pressa, despimos nossos orgulhos.

Eu, traiçoeira, pontiaguda, me sentei naquele cacete negro, insultando. Do topo da escada, desabava, inteira, raivosa. O perfume dos impropérios regendo a boca, dominando imponente, pedindo, suplicando perdão, alforrias. Aí, me puxou pelos cabelos e feriu. Gritei *não*. Odiei. Mordi. O amor desacata. Janelas abertas para loucura. Império dos sentidos, sim, contos de fadas.

O sol nascia, entrava em nós, preparava o rito.

Espadas resplandecentes e cândidas marcavam de vermelho a pele fina, marrom e macia da bunda. Os dedos queriam furar a pele, ser osso. Esfreguei os bicos dos peitos na cara gringa, o rosto uma brasa desfalecida. E revirou por dentro, estocando seco:

– Me coma! – falou em bom português.

Respirei fundo, escorregando para fora. Não era o primeiro, não seria o último. E eu gostava da minha diferença. Meu ser. Apenas. Nunca dei murro em ponta de faca. Negona de orgulho. Hasteei o de mais singular em mim, viril, violenta, para machucar.

Sem disfarces.

O negão percebera desde o tenro início. Tudo autêntico, original num modo peculiar de se olhar.

Rolei para o lado da cama. Ele se deitou de bruços. A penugem negra nas nádegas reluzia. Passei a ponta das unhas por cima, sem tocar. Ameaçando. Sua carne era macia, boa de ser mastigada.

– Coma! – repetiu.

Não pensei que fôssemos dormir. Nunca faço isso. Não por ser um trabalho. É que desta vez cedi ao esforço de tanto sofrer, sofrer e sofrer, esperando o amor que jamais vem ou virá. Naquela manhã, o risco, acordar, olhar de frente, sem maquiagem, reconhecer-se, fazer conhecer-se. O proibido.

Acordou sereno como sereno dormia, um leve arfar no peito. Eu, abraçada aos joelhos, aguardando a indiferença, a fúria, o desprezo lançado entre os lençóis. Ele sorriu aquele sorriso lindo e me beijou os pés. Não era justo. Um dia, o navio partiria, por que então fazer-me Rainha?

Choramos juntos, nos vestimos e não dissemos adeus. Na minha bolsa, alguns dólares.

Para Keite Marrone e Mika

O Velho Cão do Cerrado

Era, não era, o Velho Cão do Cerrado? Logo no ônibus, e tão jovem? O assento ao lado, vazio, convidando. Senta, não senta? Não bastava o susto, coisa mais esquisita, o Grande Poeta moço outra vez? Seria possível?

Do fundo ele o vira. A cabeça redonda, o cabelo curto exibindo a nudez, os grossos óculos. O que não podia é ficar ali, parado. O cobrador já impaciente. O passageiro que subira querendo ultrapassar. Sentou, ainda que assustado. Era o Grande Poeta mesmo: a cara enfiada no livro, os óculos, a impecável camisa de botões com finas listras amarelas e vinho, a calça social, a cabeça arredondada, quase lisa, a pele de algodão rosado, o livro. Queria apreciá-lo de frente. Sorrir e capturar sua funda timidez. Mas, diabos, tirou também um livro da pasta de estudante, abriu e começou a ler. Ou fingindo que, estremecido.

Salvador ainda é a mesma ao seu redor, estão lá o porto e os estivadores desdentados, o Cine Glauber Rocha fechado, o prédio decadente d'A Tarde, o mosteiro de São Bento e seus sacros segredos. Como, então? O poeta aqui e acolá, novo e velho, co-existindo no agora e no passado? Mas não pode estar maluco e não há passado fora do assento à sua esquerda. Nada se alterou. Não voltou a ser o que fora. As fotos preto e branco se revelando na memória. Não. A realidade permanecia exatamente igual. Exatamente? E não era então o Velho Cão do Cerrado, o homem emérito, um professor feito o do filme de Kurosawa? Era, sabia que era. Arrepiou-se.

Seria milagre? Seu sonho de encontrá-lo, inquirir, escutar-lhe a voz macia ou já metálica – como na velhice –, quando o vira na televisão, as fotos de jovem ilustrando a parede em frente à sua escrivaninha, o exemplar raro do *Gay Sunshine*, no qual publicara o belíssimo *poema*, as revistas, os estudos sobre M.L., a correspondência ilustre ombreando os maiores. O caminho do poeta: os frutos rebentando doces, a ruína se avizinhando e querendo corroer o sentimento da Arte, querendo jogar pó sobre a palavra ideal, a fase do recolhimento, a força do braço se sobrepondo à delicadeza do coração, enterrando-o em exílios provisórios, campos varridos de vermelho pelo vento e para lá do Oeste, uma marcha uniforme, cadenciada, massacrada no nascimento de seu vigor, e os versos áridos eram balas, porém não feriam.

Ele, o exemplo que buscou, a mãe exortando, *Paulo larga esses livros, o que salva a gente são os números, números!* A obrigação de cursar Ciência da Computação, ganhar dinheiro e pôr em casa, calar a mãe, doente, e continuar reverenciando o Grande Poeta, o namorado com ciúmes, *você não desgruda desse livro*, até que terminaram, as diferenças diferenciando-os sobremaneira.

Pensara em escrever ao Velho Cão uma carta para convidá-lo a conhecer sua cidade, ele que tinha o ideal poético de voltar a viver numa cidade antiga, talvez romper com a solidão de Brasília, as maçãs ofertadas aos carteiros, a música clássica do rádio, a datilografia dos dois dedos nas cartas para os amigos, assim Paulo imaginava. Ofereceria licor aos jovens estudantes que visitavam sua casa? O desejo volatilizado nas paredes de uma casa toda feita de livros, uma secretária o chamaria de *professor* e agendaria as palestras, nada do esquecimento torpe que costuma cercar os modestos?

Estava ali, o Grande Poeta avançando num ônibus rumo ao Comércio, as cores dos silos no cais, os mastros dos portentosos navios sobrepujando as alturas, entre a terra e o mar, Paulo queria furar o bloqueio, o livro tremia em suas mãos, as letras misturavam-se ao amarelo do papel, fugiam, os sentidos dançando no aroma que vinha do outro, um odor distante de madressilvas, de água de colônia, de dignidade e asseio. Era um chamado terno, misturando desejo e temor.

Furtivamente, seus olhos procuraram o livro que o poeta lia, a curiosidade estacionando nas páginas abertas e nas margens sem nome nem título, tudo na figura ao lado lhe interessava. Repousou o seu sobre o colo e acompanhou, com o pouco que a visão lateral permitia, um movimento de arrumação dos óculos, a respiração tornando-se mais profunda, uma interrupção. Estaria refletindo, pensou Paulo, ou tomara consciência da sensação que provocava, que fora reconhecido?

Mas todo o restante do ônibus congelara-se em alheamento. Não saberiam quem era o Velho Cão do Cerrado? Não teriam num instante qualquer da vida escutado os versos célebres? *Este velho cão / que se esconde / debaixo da minha pele. / Ele uiva até nas noites estreladas. / O luar o alucina. / Pergunto-me tantas vezes: / "Por que o suporto?" / E me respondo: / "É porque ele é o meu inimigo / mas é eu próprio".*

A vontade de lhe falar e tocar, ainda que resvalasse unicamente a mão. Estava tão perto, tão perto. E ele era muito mais imponente do que vira nos retratos. Mais augusto. Mais atraente. Havia uma águia no olhar. No todo, eram atributos de singularidade. Paulo absorvia-se da sua presença. Não podia ser que o poeta, jovem novamente, não quisesse também falar-lhe. Aquela parada para inspirar profundamente, emborcando leve o livro... O sol claro iluminando a fronte, fazendo-o brilhar. Paulo agora não mais se continha, o livro fechado, o rosto totalmente voltado em sua direção. Sem disfarces. Expandindo a ternura selvagem que lhe imobilizara os membros em genuína contemplação, mirando o mistério daquela maravilhosa aparição, e a seriedade tímida do outro, estancando qualquer indício de sentimento, qualquer traição de desejo íntimo.

O calor fazia com que o suor escorresse pela testa de Paulo, molhasse suas axilas, se insinuasse em seu íntimo. O poeta, o Velho Cão do Cerrado, permanecia imaculado, o rosado da pele árida, pungente. Nem uma gota. As madressilvas cada vez mais distantes.

Alguém puxou o sinal, um chiado rasgou o ar. Era o ponto. Paulo desceria? O coração se apressou. Olhou para o corredor, para o banco de trás. Do fundo, o cobrador parecia interrogá-lo. Levantou-se. Em pé, olhava o poeta de frente, a pasta pendendo na cintura, o silêncio emoldurando a impotência do outro. Iria se negar a chance? Por um momento desconfiou que o Velho Cão estava assustado com sua presença. E sentiu-se ultrajado. Medo? De quê?

O carro estacionou. Paulo levantou-se e num passo lento foi descendo do ônibus até chegar à calçada. O veículo partiu. O poeta se distanciava. Ou seu duplo, jovem novamente. Uma visão. Nuvem apagada na memória.

Uma folha de jornal voou perto de si. Paulo não queria as notícias. Eram repetidas, todas repetições de um passado, recente ou não. No céu pairava uma lua baça. O sol ainda iluminava. Sol & Lua juntos. Paulo abriu sua pasta, tirou um papel, sentou-se no meio-fio da calçada e escreveu um verso. E o ônibus se perdeu no calor da tarde adentro.

Para Cassiano Nunes

Mais uma vez
(em algum lugar na Idade Média, antes de se nomear um amor)

Varri o precipício recolhendo e batendo a poeira do corpo, joelhos sangrando perfumes. Este amor incompleto, agridoce, levantou o meu corpo e fez com que eu amarrasse as tiras das sandálias, para não mais cair. Olhei a mula com os meus pertences: um saco de provisões, uma moringa, copos e mantas. A taberna ficara para trás. Dali em diante, o caminho seria estreito e sinuoso. Minha visão turvou quando me aproximei da borda. Vertigem. Mas passou rápido. Eu insistia em encontrá-lo. Alguma coisa negra em sua pele me desconcertava. Não, ele negara qualquer ascendência moura. Amava Nosso Senhor e beijava o crucifixo sempre ao acordarmos, corpos nus e sujos, cabelos desgrenhados e o sexo já murcho na luta do amor romano. Certa vez, perguntei onde ele havia aprendido e a razão do nome. Apenas me fitou sério e coçou a cabeça. É, eu era um idiota. Joana de Firenze, uma rica cortesã de um mercador, ao visitar minha cidade, após uma peregrinação em combate à peste, beijou-me com violência e arranhou minhas costas nos muros do adro da velha cidade. Ela fedia a tabaco e cebola, apesar de todos os floreios nos cetins. Eu me confundia no prazer de suas mãos e na viscosidade do vestido, sem me decidir no melhor de um ou de outro. Para surpresa dela, comecei a chorar quando refleti sobre nosso pecado. Imaginei seu homem grande e gordo e já sem todos os dentes e quase imberbe como um bebê, aproveitando-se das carnes da digníssima amante, ela nobre e cruel ao mesmo tempo, trazendo o homem à rédea curta, montando-lhe o lombo e atiçando-lhe as nádegas brancas com correias de couro até ficarem rosadas. Chorei e tremi da delícia morna dela me introduzindo inteiro, sem medo de procriar, de receber meu sêmen e com ele denunciar o hábito gostoso e ousado de submeter o marido mais ainda. Todavia, não era igual. Ele, a quem eu procurava, em nada se parecia com uma mulher, as carnes duras e firmes e talhadas de lutas. Esse tal *amor romano* se assemelhava mesmo ao amor, não pedia troca. Eu era só meu e ele era só dele.

Creio que se não fosse, primeiro, a atração de um jovem pupilo devotado a Deus e, segundo, a liberdade por baixo da batina, Joana não teria me empurrado daquela maneira, minhas costas não teriam se arranhado e ela não teria gozado tão profusamente. Depois riu, satisfeita, abandonando-me, faceira e arrastando a barra do vestido na serragem. Fazia tempo, uns dez anos, suspeito. Não havia ele. Também meu pai não havia morrido e nossas terras, que não eram ricas, bastavam para meus estudos. Ao adoecer, as aves de rapina destroçaram minhas lembranças paternas, sua casa, meu carinho. O padre logo tentou salvar a alma de meu pai. E se apropriou de minha mãe. Nessa época, um pintor famoso ornamentou a nave da paróquia local. E o padre sorria. Como recompensa, uma parte do meu nome cobria o piso da igreja e abafava o ranger dos ossos do corno. Preferi me empregar como cavalariço a ouvir palavras divinas conciliadas a atos profanos. Ele era meu senhor. Eu e minha mula o servíamos e nos gabávamos da honra e da insígnia expostas no peito. Havia outros como eu, jovens e deslumbrados com a coragem modesta, o cavalgar macio e ciciante que levava a morte aos adversários. Ernani explicou-me de como o protegiam nas noites frias em que dormia sob as estrelas, longe das estalagens, sem vinho para o sangue, mas não disse nada do amor. Vagava em missões secretas, presságios de guerras, ajuda às cortes amigas. Ele então apontava para um de nós e preparávamos sua montaria e recebíamos os abraços dos companheiros naquele momento invejosos e também felizes por poder e desejar estar a seu lado. Na primeira vez, apenas vi seu rosto refletido no aço da espada. Ele dançava o ritual da morte, preparando os músculos e os instintos. Outros cavaleiros se uniram a nós e houve música e o aedo cantou versos maliciosos, todos rindo e bebendo e bebendo e rindo, as mulheres surgidas não sei de onde e iluminadas pela fogueira e pela valentia se deixavam afagar. Então, ele resolveu cantar e cantou a música triste de Sir Morrissey, e naquele instante se tornou muito maior do que qualquer cavaleiro escondido no escuro da noite e desafiando a lua encoberta de nuvens. Reconheci a letra da música, o disco, de quando ainda encostava o ouvido na caixa de som para não incomodar a família, eu cantarolava baixinho, encarte na mão, sem saber um pingo de inglês, no tempo em que não existia CD, Idade Média ainda. Eu o perderia naquela noite, talvez em busca de alguma taverna aberta, cavalariço desajeitado que sou. Mas hoje, passados tantos anos, dez ou quinze, não sei exatamente, saí da Taverna na Vila Madalena e transpus o portal duplo do Templo, desejoso por mais uma vez. De longe, espectros anunciavam sabás. Joguei o capuchinho nos ombros e amarrei a mula no tronco de uma árvore, tomando o cuidado de antes recolher o dinheiro escondido nos ilhais. Não pude distinguir os anfitriões, percebi apenas a ausência dele. Eu não era mais palafreneiro, trazia bigode no rosto, cortes no braço, as unhas encardidas de tinta. Soube, como por acaso, que ele para cá viria. E recordei-me das noites em que o aquecia com o meu corpo e de como me envolveu com ternura, sussurrando *amor romano* em meu ouvido e abrindo os olhos como querendo me enxergar melhor e brincando e sorrindo arrancando as calças e o grosso e bonito pau, o prepúcio escuro recolhido por causa do tamanho da glande, pau moreno e macio, pêlos encrespados e doces, o pau e o saco lindos lindos, e como também tirou minha roupa e não era para sentirmos mais frio, pois estávamos quentes, assim grudados um no outro. *Amor romano.* E durante um intervalo eu pensei e desejei ver o flanco daquele homem, possivelmente desprotegido, e percebi que era maluquice minha, eu era jovem e ele mais velho e haviam regras não confidenciadas, porém regras, e que ele na verdade não me conhecia nada nada, eu um cavalariço, destinado a servir somente. O respeito. Respeitávamos um ao outro, éramos amigos, sim, eu sentia, o cavaleiro, meu amigo. Ele me encheu de coragem e já mais tarde, não exatamente na primeira noite, mas de dia, eu o vi entrar no lago para se banhar enquanto eu alimentava os animais. Estava diferente sem a armadura e o cobertor negro das noites de amor romano. Ele era um homem e eu podia olhar e apreciar seu flanco sem perigo algum, ele não esperava minha reação, tendo uma vez eu caído e sido deixado para trás por ele e pelos demais cavaleiros e mancebas que celebravam seu nascimento, pois eu me levantei e cantei uma música da Legião Urbana inteirinha, ele se surpreendendo com minha erudição, virando-se para mim e deixando que eu visse ser ele bem menor do que eu imaginava, um homem troncudo, olhos bovinos, lábios e mamilos negros, proeminentes, o sexo. *Você sabe?* Ele me interrogou. Eu sei. Escrevo e leio. Não era comum na Idade Média, acreditem. E foi assim que ele me incentivou a trabalhar com livros, a copiar manuscritos de bibliotecas e ter uma vida própria e distante das aventuras que vivíamos. Casei e tive filhos. Três: Ana Luísa, Marian e Marcela. Quanto tempo sem nos vermos? Suspendi todo o meu trabalho de gráfico e vim. Ele, anunciado pelos cinco ventos, o maravilhoso cavaleiro numa missão especial do rei. Foram quatro horas e meia de viagem, atravessando um vale para enfim chegar ao templo. No centro da sala, uma cadeira iluminada por um candelabro. As paredes enfeitadas com tapetes, dois varais repletos de velhas fotografias em preto e branco cruzavam o recinto, almofadas e bancos e pufs cercavam o palco imaginário, lugar de uma possível Dulce Veiga . O templo ainda quase vazio. Fui em busca de cerveja. Uma oriental me serviu no balcão ao fundo. Sentei-me. Logo apareceram o Marcelino, a Índigo, a Adrienne e o Claudinei, que acendeu seu cachimbo e nos levou a outras paragens, o sabor de chocolate na ponta da língua. Tirei um papiro da bolsa a tiracolo. *Se Deus quiser será publicado*, vaticinou Marcelino. Cansara-me de copiar e compor para os outros. Comprei outra cerveja e bebi num gole só, nervoso. Um *blues* arrancou o sono do álcool. A casa exibia a alegria dos comuns. Alguém anunciou a hora esperada. Ele estava à porta. O recital iria começar.

Para meus amigos de Sampa

Com ou sem chantilly?

Salvador é uma festa. Ou era Paris? Minha geração se perdeu não nos anos vinte, mas no século vinte. Um pé lá, outro cá. E os cafés não têm mais o mesmo charme. Ou têm? Pensando bem, acho que têm. Não é porque eu morra de inveja do Hemingway, não. Estar aqui já é legal.

– Vou querer um expresso, por favor.

É tudo tão bonito! Tão delicado! Móveis de madeira, pintura em pátina, pufes gigantescos, livros de arte... E, veja, as plantas estão todas nos locais apropriados, você passa e não tropeça em vaso nenhum, jamais caem folhas no seu prato. Na verdade, elas são quase inexistentes. O que é ótimo, pois quem é vegetariana é a Camila. Eu gosto é de carne. Carne vermelha, claro.

Mas meu-Deus-você-vai-abrir-a-maldita-carta ou não? Ah, sei lá. Primeiro quero ficar admirando. Olhar o selo, o timbre, a etiqueta com meu nome e o endereço na frente. Depois eu abro. Daqui a pouco chega o povo e é aquele papo, você sabe. Por enquanto, quero curtir o lugar, azarar alguém. Tô precisando me dispersar, esquecer. Bem que podiam tocar um rock. Algo tipo Bowie, bem hipnótico com aquele vozeirão de *This is not America*. Porra, ia ser massa! Xá-lá-lá-lá-lá!... Como no dia em que o Carlus beijou aquele negão lindo no França e todo mundo ficou olhando, o som rolando de fundo que nem trilha sonora brega, mas fazendo a cena ficar linda, a câmera girando em volta dos dois e os putos dos playboyzinhos bestificados, pois o Carlus e o tal negão eram homens pra cachorro, mais que eles, que não tinham coragem de beijar assim. Eu sei que é escroto dizer isso assim de chofre, dá vergonha e sempre dizem que sou passional demais, porém eu podia jurar que o beijo deles era beijo de amor. Tanto que me deu vontade de escrever depois. Só que esses cafés nunca tocam rock como eu gosto, não é *in*. Preferem coisas frias, pra não dizer geladas, *lounge*, música eletrônica, essas merdas.

– Pode deixar aí, perto do envelope. Obrigado!

Eu deveria abrir logo a carta, terminar logo com isso. A Camila também não recebeu um montão de nãos? Ela, uma escritora supertalentosa? Pois foda-se! Aqui não é a América. E não é a Europa também. Não é nem mesmo Brasil. Não é lugar nenhum: um mundo fora do mundo, limite de desmedida derramado no mar, uma ilha, Ítaca, um *slogan* de refrigerante, território dolorido do prazer, Pasárgada e Itabira, porto dos desterros, princípio terno do meu calvário, promessa cumprida e fim: é o lugar do sagrado: lugar de maldição.

– Moço, o café está amargo! Eu não pedi café amargo!

A louca do Diógenes é que está certa! De que adianta nos arrebentarmos nas salas de aula para ganhar um comezinho e dizer que fazemos literatura por diletantismo? Temos é de escrever histórias como eles querem: contos cor-de-rosa como algodão doce, bichas-bofes casando de véu e grinalda, enfrentando o papai, a mamãe e a titia por uma felicidade imorredoura. Ah! Que lindo!... Se não quiser assim, tem de ser bicha *serial killer*, tímida e de óculos. Nem Ripley salva.

– Açúcar mesmo! Um pacotinho tá bom.

Balthazar e Renato não acabam juntos simplesmente porque eram muito diferentes, nada mais. Não vou mudar o final. Não adianta. E não vou ler a carta. Será que não entendem? Balthazar queria o mundo. O mundo! Renato sonhava com uma casinha no interior e o esquecimento. Eles eram somente arestas. O que os uniu num primeiro instante foi a obrigação de mentir para a sociedade sobre a inclinação de seus desejos. Por isso a traição de Renato com Juliana na noite que Balthazar experimenta *ecstasy.* E se tudo é melhor quando se reconciliam, bastará um breve convívio para que a verdade os fira. Tinha de ser assim. Era a lógica da narrativa. Renato foge do amante quando enfim percebe que a ambição de Balthazar lhe paralisava e diminuía. Com ele, nunca daria seqüência a seus planos.

Se outros os personagens, outro o fim. Queria que fosse diferente, estar impermeável. Mas há tanto medo, meu Deus! Será que daremos com a cara no muro? Nossa coragem linda feito a do Carlus e seu negão se esboroando na fraqueza dos que não acreditam mais? Eu cansei de porrada e filmes de drogas e prostitutas e gente pseudomoderna burguesinha sem nada a dizer a não ser estou cansado apesar de não ter feito absolutamente nada.

Será que devo mudar o capítulo final?

– Olha, o café ainda está meio amargo, poderia me trazer mais um ou dois pacotinhos?

Um escritor não é escritor até ser publicado, não é mesmo? Que importa um final de primeiro livro, um romance que não imaginava nem terminar? Vejo a carta aí, parada, olhando para mim, me pedindo para abri-la, e fico num cagaço danado, com receio dos editores dizerem para eu mudar o final mais uma vez? Hemingway só foi Hemingway depois da Gertrude Stein.

Se abro e dizem pra mudar, o que vou fazer com os caras? Ponho Renato num divã? Falo que ele tem de ceder mais? Que o Balthazar é gente boa e que logo arrumará um emprego?..

Emprego de quê, porra?! O cara é preguiçoso e não gosta de acordar cedo. Só se for de apresentador da MTV!... Rá! Rá! Rá!... Essa foi boa... Apresentador da MTV... Daí, o Renato se abre com os pais e eles se abraçam chorando, a família unida na sala – um mimo. Os dois assinam um contrato de parceria e compram uma casa em Itapuã.

É, dependendo do tratamento, eles podem até publicar.

– Ih, ficou doce demais.

A questão é se a Camila, o Carlus, o Diógenes e a Adelice agiriam assim, se vale a pena submeter a Arte a uma mentira que não é a minha, que não é a nossa.

Abrir ou rasgar a carta? Rasgar ou abrir?

– Garçom! A conta, por favor. E pode levar o café.

Agradecimentos

Alex Cojorian, Alexandre Henrique, Anna Amélia, Claudinei Vieira, Fernando Costa, Irena Carneiro Martins, José Inácio Vieira de Melo, José Martins, Marcelino Freire, Massao Ohno, Maurício Melo Júnior, Nalva, Paquito, Ronado Cagiano, Sandro Ornellas, Suênio Campos de Lucena ,Wilson Foca Neves e Yara Camillo.

Impresso em setembro de 2007, em papel Pólen Soft 80 g/m^2,
nas oficinas da gráfica Palas Athena.
Composto em Adobe Garamond Pro, corpo11

Manuela Editorial Ltda.
Rua Dr. Amâncio de Carvalho,192/206
Vila Mariana - 04012-080 São Paulo, SP
Telefone: (11) 5085.8080
livraria@artepaubrasil.com.br
http://www.artepaubrasil.com.br